KB127653

복수의 길

강준현 장편 소설

FUSION FANTASTIC STORY

도서출판 청어람

복수의 길 5

강준현 장편 소설

초판 1쇄 찍은 날 § 2014년 5월 15일
초판 1쇄 펴낸 날 § 2014년 5월 22일

지은이 § 강준현
펴낸이 § 서경석

편집부장 § 권태완
편집책임 § 이효남

펴낸곳 § 도서출판 청어람
등록번호 § 제387-1999-000006호
등록일자 § 1999. 5. 31
어람번호 § 제1-1849호

주소 § 경기도 부천시 원미구 부일로 483번길 40 서경B/D 3F (우) 420-822
전화 § 032-656-4452 팩스 § 032-656-4453
http://www.chungeoram.com
E-mail § chungeorambook@daum.net

ISBN 979-11-316-9031-4 04810
ISBN 978-89-251-3658-5 (세트)

강준현 장편 소설

FUSION FANTASTIC STORY

복수의 길

5

도서출판 청어람

CONTENTS

1장

바람은 시작되고

　뉴욕 롱아일랜드 사우스햄튼의 한 저택에서 일어난 또 한 번의 총기난사 사고로 미국은 다시 발칵 뒤집어졌다.

　특히, 사망자 가운데엔 미국 저명인사들은 물론이고, 조지 페더 상원의원이 포함되어 있었기에 미국 시민들의 충격은 더욱 클 수밖에 없었다.

　그 충격은 중국 북경의 거대한 고(古)저택에까지 미쳤다.

　중국 전통방식으로 꾸며져 고풍스럽다 못해 곰팡이 냄새가 풍길 것 같은 넓은 방의 원형 탁자에 앉은 9명의 노인들 앞에 남궁린은 숨소리마저 죽이고 오체투지하고 있다.

　"어찌된 일이냐?"

문주의 질책이 담긴 목소리에 더욱 움츠러드는 듯 남궁린은 움찔하다 입을 연다.

　"미 FBI가 일대를 완전히 통제하고 있어 자세한 상황은 알아내지 못했습니다."

　"아는 대로 말해보아라."

　"뉴욕시간으로 8월 27일 새벽 0시쯤, 내부의 누군가 자동소총을 사용하면서 일이 벌어졌습니다. 생존자들의 말에 의하면 경비원들, 즉 현무단원들이 갑자기 총을 꺼내 무차별적으로 총을 쏘기 시작했답니다."

　"현무단원들이?"

　"말도 안 되는 소리! 그들이 미치지 않고서야."

　문주 옆에 앉아 있던 삼 장로가 당치도 않은 얘기라 일축한다.

　"섭혼공… 그 마공이 다시 나타난 건가?"

　"섭혼공!"

　이 장로의 중얼거림에 말도 안 된다고 소리쳤던 삼 장로까지 놀라 외친다.

　"섭혼공이라면 이미 40년 전에…"

　"삼 장로, 일단 청룡단주의 얘기를 다 듣고 난 다음 얘기를 하기로 하지."

　"알겠습니다, 문주."

　"청룡단주는 계속 말을 하라."

"예! 정원과 저택에서 파티를 벌이고 있던 이들은 도망치기 시작했고, 멀쩡한 현무단원들은 즉각적인 대응에 나섰습니다. 하지만 동료에게 총을 쏘기를 망설이던 제정신의 현무단원들은 얼마 버티지 못하고 쓰러졌습니다."

"모두 생존자의 증언인가?"

"예. 그때 요리사 복장의 남자가 나타나 비정상적이던 현무단원들을 쓰러뜨리고 저택으로 들어갔고, 곧 총소리가 잦아들어답니다. 그리고 30분정도 뒤, FBI와 경찰이 들이닥쳤고 모든 것이 통제되어 자세한 것은……."

말을 마친 남궁린은 처분을 기다리는 사람처럼 고개를 숙인 채 움직이지 않는다.

"혹시 요리사에 대한 얘기는 없었나?"

"뉴욕 경찰에 매수된 자의 말에 의하면 신원불명의 목이 잘린 요리사 복장의 시체가 지하실에서 발견되었다고 합니다."

"……!"

방은 일순간 고요해진다. 10명의 장로들은 놀란 기색이 역력했다.

남궁린은 요리사 복장의 사내에 대해선 들어본 적이 없었다.

한데 장로들의 행동을 보니 그가 비밀리에 감춰져 있는 백호단의 일원이 아닐까라는 생각이 떠오른다.

"으음, 범인에 대한 것은?"

"아직 밝혀진 것이 없습니다. 다만……."

남궁린은 추측에 불과한 일을 말해야 할지 잠깐 고민을 한다.

그의 생각으론 이번 사건은 S급 섬의 탈주자들이 벌인 일이라 생각이 들었다.

일이 발생하지 않았다면 조단성과 둘만 알면 되는 일이었지만 더 이상 숨기다 차후에 걸리면 후계자 자리는 영원히 물 건너가는 일이었다.

"다만?"

"1년 전에 S급 섬에서 탈주자가 있었습니다. 모두 여섯이었는데 그중 한 명이 아닐까 생각합니다."

"섬에서 탈주자가 있었다? 어디에 있는 섬 말이냐?"

"아프리카 마다카스카르 옆에 있는……."

"이놈! 그 얘기를 이제야 한단 말이야!"

문주인 남궁상민은 자리에서 일어나며 버럭 화를 낸다.

남궁린은 문책을 받을 거라 생각을 했지만 예상외로 강한 반응에 고개를 바닥에 박듯이 숙인다.

"그곳이 어딘 줄 알고……!"

"문주, 고정하십시오. 그곳은… 험! 어쨌든 통상적으로 섬의 탈주자가 있으면 현무단과 청룡단이 지금까지 알아서 처리하지 않았습니까."

"하지만 사 장로, 통상적이라고 해도 그곳은… 그곳은……."

"지금은 그게 중요한 게 아닙니다. 탈주자 중에서 벌인 일이라면 앞으로 유사한 일이 계속 발생할 수 있다는 얘깁니다."

쾅!

천외천의 지낭이라고 불리는 사 장로 제갈무량의 말에 남궁상민은 결국 화를 삭이듯 탁자를 치고는 자리에 앉는다.

남궁상민은 문주의 말을 끊고 나서는 사 장로에게 기분이 나쁘기보단 오히려 고마웠다. 문주로서 남궁린에게 화를 내긴 했지만 할아버지로서는 제갈무량의 말처럼 용납할 수 있는 일이었기 때문이다.

"문주, 제가 린에게 몇 가지 물어봐도 되겠습니까?"

"그러시오."

"린아, 그 섬이 언제부터 경기장으로 이용되었는지 아느냐?"

"올해로 24년이 되는 걸로 알고 있습니다."

"24년이라면… 현무단에는 황보선 단장이, 청룡단에는 언문기 단장이 맡고 있을 때군요."

"그, 그건 알아봐야 할 일이지요. 그전에 명령이 내려왔을 수도 있는 일 아닙니까?"

"맞습니다. 자세한 것은 알아보고 얘기를 해야 합니다."

오 장로 황보문과 팔 장로 언정기가 당황해하며 소리친다.

"그 두 사람을 탓하려는 게 아닙니다. 아까도 말했다시피 중요한 것은 이 일을 해결하자는 겁니다. 탈주자들이 누구인지는 아느냐?"

제갈무량은 하나의 질문으로 남궁린의 잘못을 없애버린다.

"클로버, 디오네이아, 위즈, 제시, 몰린, 세브란코 이렇게 6명입니다."

"조사를 잘했구나. 하면 그들의 위치를 파악했느냐?"

"현무단을 파견했지만 한 명을 제외하곤 찾지 못했습니다."

"숨어 있는 자를 찾기는 힘들겠지. 그럼 찾은 자에 대해선 어찌 조치를 취했느냐?"

남궁린은 제갈무량이 자신을 돕기 위해 묻고 있다는 사실을 알았다. 그래서 자신의 잘못을 감추고 잘한 일은 부풀렸다.

"위즈라는 자로 처음엔 별다른 움직임은 없었지만 한국에서 중화회와 문제가 생겨서 킬러를 보냈습니다. 그리고 추가로 베트남 킬러를 보낼 생각입니다."

"혹시 그자가 이번 사건을 벌였을 가능성은?"

"그에게 감시자가 붙어 있었고, 한국을 벗어난 적이 없습니다."

"네가 탈주자 얘기를 꺼낸걸 보니 이번 사건과 그들이 연관이 있을 거라고 생각했겠지? 네 생각엔 누구일 것 같으냐?"

"디오네이아와 제시는 여자들로 가능성이 희박하고, 클로버, 몰린, 세브란코가 가능성이 높습니다. 그중에 클로버는 섬이 생기면서부터 있던 노괴물로, 제 생각에 가장 유력한 용의자입니다."

"얘기 잘 들었다. 흠잡을 곳 없는 조치였다. 하지만 아무리 통상적으로 청룡단과 현무단이 처리하는 일이라고 해도 네가 괴물이라고 표현할 정도의 사람이 탈출을 했다면 보고를 했어야 타당하다고 생각한다."

"…송구합니다. 이 일에 대해 어떤 벌이라도 달게 받겠습니다."

남궁린은 바닥에 머리를 찧으며 잘못했음을 표현했다.

제갈무량은 곧 손녀사위가 될 사람이었기에 남궁린을 도왔다. 그러나 눈치 빠른 남궁린이 그의 마음을 흡족하게 만든다.

"나가있거라. 너의 잘못에 대해선 회의가 끝난 후 결정하겠다."

"알겠습니다."

남궁상민의 말에 남궁린은 자리에 일어나 밖으로 나간다.

남궁린이 나가자 원형 테이블의 분위기는 좀 전과 다르게 무겁게 가라앉는다. 아무도 입을 열지 못하고 앞에 놓인 차만 홀짝거린다.

"그들이 후예를 남겼을까요?"

십 장로가 가장 먼저 입을 열었다.

"말도 안 되는 소리입니다. 그들 모두 무공이 폐기된 채 그 섬에 유배되었어요. 아무것도 없는 그곳에서 한 달도 버틸 수 없어요."

"섭혼공이 나타난 걸 보면 죽기 전에 비급을 남겼을 수도 있지요. 그리고 백호단원이 살해당했을 정도라면 그 비급이 전수가 되었다고 봐야겠지요."

"음……!"

팔 장로 언정기는 어림없는 얘기라며 반박을 한다. 하지만 제갈무량의 이어지는 말에 회의실은 낮은 신음이 흐른다.

"이미 벌어진 일입니다. 왈가왈부해 봐야 소용없는 일이고 문파원들이 당한 이상 '피의 맹세'를 발동해야 합니다."

"나 역시 사 장로의 말이 타당하다고 생각하오. 지금으로 서는 가장 가능성이 높은 탈주자들에 대한 조사가 이루어져야 합니다."

남궁상민은 제갈무량의 말에 동의했다. 하지만 두 사람의 말에 이 장로의 얼굴은 굳어지며 입을 연다.

"1년이 넘은 흔적을 찾기가 쉽지 않을 겁니다."

"당연한 일입니다. 하지만 지금으로서는 주작단의 힘을 믿을 수밖에 없습니다."

주작단은 대내적으로는 조직 내 불온세력 감시와 정보 수집을 주로하고, 대외적으로는 암살, 추적, 도청 등 은밀한 일을 주로 했다.

주작단은 이 장로의 손자인 황보유천이 단주로 있었다. 내후년에 있을 문파 후계자 경합을 위해선 이번 일은 맡으면 안 되는 일이었다.

흔적을 못 찾으면 못 찾는 대로, 설령 찾는다고 해도 백호단원을 죽일 정도라면 주작단의 피해는 커질 수밖에 없었다.

"한 명도 아니고 여섯 명입니다. 주작단이 동원할 수 인원은 한계가 있을 겁니다."

"그럴 수도 있겠군요."

제갈무량은 이 장로의 말에 순순히 수긍을 한다.

하지만 지금까지 묵묵히 얘기를 듣고 있던 육 장로가 나섰다.

그의 얼굴은 당장에라도 폭발할 것처럼 붉었다.

"…죽은 백호단의 아이가 누군지 아십니까?"

"……"

"40년 전 마인 혈사에서 멸문하다시피 한 당가의 후예입니다. 이제 당가에 남은 동량은 고작 15살, 10살의 두 명이 다입니다."

40년 혈사에서 가장 피해를 많이 본 가문은 당가였다. 독을 사용했다는 이유로 마인들의 공격을 집중적으로 받아서였다.

"한데 지금 여러분들의 태도를 보니 '피의 맹세'라는 것이 한낱 말장난에 불가하다고 느껴집니다."

"육 장로, 어찌 그런 생각을……."

"문주, 피의 맹세가 진짜라면 문주령을 발동해서라도 놈들에게 우리 천외천의 힘을 보십시오."

"문주령!"

천외천의 중요결정은 모두 9명의 장로가 만장일치로 결정되었다. 한데 문주령이 발령되면 모든 권한은 문주에게로 간다.

문주의 한 마디가 곧 법이 되는 것이다.

천외천에 문주령이 발령된 적은 몇 번 없었다. 그리고 가장 마지막으로 발령된 것이 40년 전 마인 혈사였다.

"육 장로, 그건…"

"이 장로님! 지금은 문파의 모든 힘을 모을 땝니다. 주작단뿐만 아니라 현무단, 청룡단, 백호단까지 모두 움직일 겁니다. 설마 40년 전의 악몽이 다시 일어나길 바라는 것은 아니겠지요?"

"…흠!"

이 장로는 육 장로의 말에 더 이상 거부를 할 수가 없었다. 마인들의 후예가 나타났다는 자체만으로도 문주령은 명분을 가지기 충분했다.

"문주령을 발령하는데 반대는 없으십니까?"

남궁상민은 자리에서 일어나 장로들을 둘러보며 위엄이 느껴지는 목소리로 물었다.

이미 대세가 기울어진 마당에 나설 사람은 없었다.

"그럼 문주령을 발령하겠소이다!"

"천(天)!"

남궁상민은 품에서 손바닥만 한 패를 꺼냈고, 장로들은 일제히 고개를 숙이며 '천' 을 외친다.

"이 장로께서는 주작단에게 명해 클로버, 몰린, 세브란코를 쫓으시오."

"명을 받습니다!"

"삼 장로께서는 현무단에게 명해 디오네이아, 제시를 쫓으시오."

"명을 받습니다!"

"사 장로께서는 청룡단에게 명해 두 단에게 모든 지원을 하고, 위즈를 처리하는데 최선을 다하시오. 그리고 다른 장로님께서는 각 하부세력들이 유기적으로 움직일 수 있도록 해주시오."

"명을 받습니다!"

"피의 맹세는 모든 원흉들이 없앨 때까지 계속될 것이오."

"천!"

고개를 숙이고 있는 장로 중 몇몇은 안색이 침중했고, 몇몇은 웃음을 띠고 있었다. 그중 제갈무량의 미소는 소름이 끼칠 정도로 섬뜩했다.

* * *

2학기가 시작되었다.

만장일치는 아니었지만 다시 과대표를 맡게 되어 첫날부터 이리저리 뛰어다닌다.

"무찬아! 홈스테이 내가 할게!"

"형은 정확히 서른두 번째 지원자예요. 그리고 그 유학생, 며칠 뒤엔 집을 구해서 나간다고 했어요."

"그, 그러냐?"

교환학생으로 온 제시카를 본 남자들의 반응은 모두 한결같았다.

심지어 학생회장까지 시집 안 간 누나를 쫓아내고 홈스테이를 하겠다고 난리였다.

실망한 표정으로 가는 선배에게 손을 흔들고 마시던 음료

수를 마신다.

"무찬아! 홈스테이 내가 하면 안 될까?"

"…안녕하세요, 형."

노찬성 회장이 준 돈이 인간을 바꿨다. 황선동이 말쑥한 정장차림에 요즘 유행하는 이상한 머리를 하고 나타났다.

옆머리와 분리되어 있는 듯한 윗머리는 마치 솥의 손잡이를 연상시킨다.

예전의 모습이 더 나아보인다고 하면 상처받을까 입을 다물고 인사를 했다.

"그 아가씨, 정말 엘프처럼 생겼어. 딱 보는 순간 숨을 못 쉬겠더라."

"담배 끊어요."

"하나도 안 웃기거든. 넌 전생에 나라를 구했냐? 어복이 터지는구나."

"전 해윤이만으로도 충분히 만족하거든요."

"하긴 해윤이가 다른 건 다 떨어져도 슴가가 남들 두 배, 아니 세 배……."

"오빠!"

해윤이 뻔히 옆에 나타났는데도 모르다니 참 조심성이 부족한 인간이다. 아무래도 정진증권에 취직하긴 힘들어 보인다.

"휴~ 홈스테이는 형이 서른세 번째 지원자예요. 그리고 제시카는 홈스테이 안 한다고 했어요. 해윤아, 가자."

흘겨보고 있는 해윤의 눈빛에 황선동이 녹을 것 같다는 생각에 해윤의 손을 잡고 재빨리 경영대학을 벗어났다.

내가 그에게 해줄 수 있는 최선이었다.

"너도 그렇게 생각해?"

"뭘 그렇게 생각한다는 거야?"

"내가 제시카에 비해 다 떨어진다고…"

"어떤 놈이 그래? 아주 그냥 정문 구조물에 매달아서 돌팔 매질을 해버릴까 보다."

난 해윤의 말이 끝나기 전에 길길이 날뛰었다.

안 그래도 토요일 날 도착한 디오네를 보고 열등감이 폭발한 해윤은 당장에 성형수술 한다고 난리를 피워 진정시키느라 혼이 났었다.

"왜 니가 흥분을 하는데?"

"흥분 안 하게 생겼어? 나에겐 세상에서 네가 제일 예뻐!"

"칫!"

거짓말이라는 걸 알면서도 기분이 풀렸는지 살며시 팔짱을 껴온다.

"하긴, 디오나 언니랑, 제시카 언니보단 내가 월등하지. 후후!"

…팔꿈치를 포근하게 감싸는 '이걸' 말하는 거냐?

그래 이것만은 네가 최고다.

우리는 팔짱을 낀 채 점심을 먹기 위해 학생식당으로 향했다.

마치 유명 연예인이 온 것처럼 누군가를 흘낏거리며 바라보는 이들로 학생식당은 어수선했다.

"제시카 언니 있나 보다."

"그런가 보다."

제시카는 교환학생으로 3학년 수업을 듣게 되었다. 한데, 제시카 주변에는 3학년 선배들로 가득했고, 대한민국의 친절함을 제시카에 보여주려는 듯 연신 한마디씩 하고 있었다.

"다른데 가서 먹을까?"

"그럴까?"

해윤도 내 제안을 거절하지 않았다. 하지만 제시카는 눈이 좋았다.

"무찬아! 해윤아!"

그녀가 반갑게 손을 흔든다. 해윤과 난 서로 얼굴을 쳐다보다가 인사를 하곤 음식을 받아 그녀 근처에 자리를 잡았다.

제시카는 굳이 자리에서 일어나 우리 앞쪽에 앉는다.

아니나 다를까 옆과 앞자리에서 밥을 먹고 있던 선배들의 눈에서 레이저가 쏟아지며 내 몸을 산산이 가른다.

"조금 전에 디오나 언니한테 전화 왔는데 혼자 있기 심심하다고 학교로 놀러온대."

"안 돼!"

난 말이 끝나기 무섭게 소리쳤다.

"왜?"

오히려 묻는 건 옆에 있는 해윤이었다.

디오네는 타고난 요녀, 요물이었다. 게다가 음양교합법과 최면이 강해지면서 가만히 있어도 남자가 홀려버린다.

심지어 여자도 그녀에게 호감을 가지게 되는데 대표적인 예가 우니와 해윤이었다.

단 이틀 같이 있었다고 우니는 마치 친언니처럼 따랐고, 해윤은 집에서 내보내라는 말이 사라져 버렸다.

"아, 아직 지리에 익숙하지 않잖아. 혹시라도 길을 잃으면 어떻게?"

한데 막상 물으니 설명할 길이 없었기에 얼버무릴 수밖에 없었다.

"그럴 수도 있겠다. 내가 언니한테 전화를 해볼게."

해윤이 스마트폰을 꺼내고 전화를 하려 했다. 하지만 늦었다.

디오네가 학생식당으로 다가오는 기운 느껴진다.

제시카 때와는 다른 차이가 있었다. 제시카의 미모에 감탄을 하느라 웅성거리던 식당은 디오네가 다가오자 일제히 숨을 죽이며 고요해진다.

"얘들아!"

이기적인 다리길이에 배색 슬림 원피스를 입고, 블랙으로 스타일링을 하고 나타난 디오네의 모습은 숨이 막힐 정도로 고혹적이다.

"언니, 잘 찾아왔네?"

"봉구가 운전해 줘서 쉽게 찾아왔어."

그 인간, 우니가 개학할 때 어떻게 지내야 하나 고민하더니 기사로 취직을 한 거냐?

"여긴 오늘 사귄 친구들."

"반가워요. 동생 잘 부탁해요."

"…아, 네네!"

제시카가 3학년 선배들을 소개했고, 디오네는 웃으며 인사를 한다.

집단최면에 걸린 듯 그들은 일제히 고개를 끄덕였고 죽음을 불사하더라도 잘해줄 표정을 짓는다.

"해윤이와 무찬인 여전히 붙어 있구나."

"헤헤! 경영대학 공식 커플이거든요."

디오네는 해윤이 귀엽다는 듯 머리를 쓰다듬었고, 해윤은 마치 애완견처럼 기분이 좋게 웃는다.

"학교는 웬일이에요?"

"심심하기도 하고 저녁에 미지증권의 서미혜와 얘기하기

전에 너랑 할 얘기도 있고."

"오늘 미혜 누나랑 만나기로 했어요?"

"응. 실무자들이 만나기 전에 한 번 보려고. 약간 관심이 가는 부분이 있어서. 해윤아, 언니가 내 남자 친구랑 잠깐 얘기해도 되겠지?"

"네. 마음대로 하세요."

…넘겨달라면 당장에라도 넘겨줄 기세다.

식당을 나와 그나마 조용한 학교 내 카페로 자리를 옮겼다.

"너만의 공간에 들어온 거 사과할게."

"괜찮아요."

"훗! 넌 정말 거짓말을 못해."

포커페이스는 누구 못지않게 자신이 있는데 디오네는 단박에 잡아낸다.

그녀 말이 맞다. 그저 학교에서만은 평범한 나이고 싶었다.

비록 목적을 위해 온 곳이지만 어두운 삶에 숨 쉴 수 있는 탈출구가 이곳이었다.

"디아가 더 소중하니까요."

"그렇게 말해주니 고마워. 난 그저 이곳에서 위즈가 아닌 박무찬으로 사는 네 모습을 보고 싶었어."

"본 소감은 어때요?"

"글쎄, 더 많이 봐야 알 것 같은데?"

"쳇! 결국 수시로 드나들겠다는 소리잖아요. 마음대로 해요."

"호호호! 이곳에 있는 박무찬은 정말 상대하기가 편하네."

디오네는 목젖이 보일 정도로 시원하게 웃어젖힌다.

"할 얘기는 뭐예요?"

"이번 미지그룹과의 계약 중간에 중계회사를 하나 두려고 하는데 그 회사 대표를 네가 했으면 해."

"굳이 그럴 필요가 있어요?"

"통상적인 거야. 우리 회사와 미지그룹이 직접 계약을 맺게 되면 이래저래 피곤해. 서로가 계약을 중단하고 싶어도 복잡해지고."

디오네가 하는 말이 이해가 됐다.

만일 A라는 대기업이 B라는 중소기업의 물건이 필요하다고 가정해 보자. 하지만 직접 받기보다는 C라는 중계회사를 두고 받는다.

문제가 발생했을 때 발뺌하기도 좋고 거래처를 바꿀 때 일방적인 통보를 해도 문제될 것이 없다.

장점이 많기 때문에 많은 기업이 이용하는 방법이다.

물론, C라는 중계회사는 딱히 할 일이 없고 돈만 벌면 된다.

모든 일은 A, B가 알아서 한다. 그저 B라는 회사에서 90원에 받아 A에 100원에 납품한다는 서류만 있으면 끝이다.

"저도 돈 많아요."

디오네는 나에게 뭔가를 주고 싶은 모양이다.

하지만 더 이상의 돈은 필요 없다.

플레져 빌딩과 VVIP클럽에서 받는 돈은 아가씨들 정보료와 쉼터로 보내지는 돈을 제외하곤 그대로 통장에서 썩고 있다.

"그래? 10억 달러쯤 돼?"

"그 정도까지야… 3억 달러쯤 돼요."

"많구나. 너 하고 다니는 게 마음에 걸려서 용돈이나 하라고 주려고 했더니……."

"쳇! 이 정도면 훌륭하죠. 그리고 마음만 받을게요. 차라리 우니 이름으로 해줘요."

"우니는 다음에 해줄 거야. 고두리 선생님께 나 역시 많은 신세를 졌으니까. 그리고 이번엔 그냥 위즐러 찬이라는 이름으로 해야 해. 거절할 것 같아 이미 회사도 만들고 계약도 그렇게 하기로 결정됐거든."

"휴~ 어쩔 수 없죠. 고마워요."

"그러니까 돈 있는 티 좀 내고 다녀."

안 그래도 앞으로는 그래야 한다.

사회적 직위가 없는 내가 앞으로 만나야 하는 이들에게 얄

보이지 않으려면 모든 걸 최고급으로 바꿔야 했다.

"디아는 앞으로 뭐 할 거예요?"

"지금은 아무것도 안 할래. 그냥 아무 생각 없이 지낼 생각이야."

"그 다음은요?"

"글쎄? 뭘 묻고 싶은 거야?"

"난… 디아와 제시카가 그냥 평범하고 행복하게 살았으면 좋겠어요."

"천외천은 너한테 맡기고 신경 쓰지 말라는 소리구나."

대답은 안 했지만 맞다. 저택에서 만난 요리사 같은 고수 두 명이 동시에 나타난다면 난 혼자 버티기도 힘들 것이다.

천외천에 그런 자들이 얼마나 있을지 모르는 상황에서 솔직히 디오네와 제시카까지 신경 쓸 여력은 없었다.

"넌 우리가 평범하게 살 수가 있다고 생각하니? 아니, 너 스스로 평범하게 살 수 있다고 생각해?"

"아뇨."

뉴욕으로 가는 비행기 안에서 섬에서 일어난 일이 나 때문이라는 걸 기억해냈다. 그런 나에게 평범은 어울리지 않았다.

물론, 그 일이 아니라고 해도 섬에서 지냈다는 자체만으로도 평범한 삶은 불가능한지도 몰랐다.

"섬에서 지낸 시간이 20년이야. 그런 나에게 천외천이 무서워 도망가라고 말하는 건 죽으라는 말과 같아."

"그런 말이 아니에요."

"날 위해 한 말이라는 거 알아, 위즈. 요리사 놈에게 죽기 전에 무슨 생각이 들었는지 알아?"

"글쎄요?"

"죽는데 별로 여한이 없었어. 그저 널 한 번 보고 싶었을 뿐이었지. 한데 지금은 달라. 천외천 그놈들을 한 명이라도 더 죽일 생각이야."

디오네이아, 파리지옥이라 불리던 그녀의 눈빛이 사납게 바뀌며 죽음의 향기가 풍겨 나온다.

주위에 앉아 있던 남자들이 하나둘 일어나 홀린 듯 다가오려 한다.

"디아!"

분노에 이성을 잃어가던 그녀는 내공이 담긴 내 목소리에 정신을 차린다.

다가오던 남자들도 어리둥절하더니 다시 자신의 자리로 돌아간다. 그중에는 화난 여자 친구에게 싹싹 비는 남자도 보였다.

"알았어요. 대신 절대 위험한 일은 하지 않기로 약속해요."

"걱정 마. 무모한 짓은 내가 사절이니까."

사실 디오네의 강력한 최면술은 엄청난 힘을 가지고 있다.

숨어서 천외천을 공격한다면 오히려 나보다 더 두려운 상대가 될 것이다.

"그리고 지금보다 더 강해질 거야. 내 도움이 필요해."

"최선을 다해 돕죠."

죽음의 위협과 강한 적의 출현은 디오네를 더욱 강하게 만들고 있었다.

2장

그 남자의 사정

　우리나라에서 비즈니스를 위해 반드시 해야 하는 스포츠는 골프다.

　정부의 고위공직자들 대부분이 골프를 치고, 또 그들을 접대하는 기업인들 또한 골프에 목을 맨다.

　18홀을 돌면 4~5시간을 같이 있어야 하다 보니 자연 많은 말을 하게 되고 친해지게 되는 건 어쩌면 당연한 일이었다.

　"골프에서 가장 중요한 것은 자세에요. 그 다음 중요한 것도 자세에요. 손목은 힘을 빼고 부드럽게, 하체는 고정하고 허리 반동을 이용해서, 마지막으로 하체이동을 하며 여유롭게 치면 돼요."

딱!

경쾌한 소리와 함께 하얀 공은 번개처럼 날아가 그물에 박힌다.

"잘했어요. 지금의 자세와 감각 있지 마시고 다시 쳐볼게요."

학연만으로 내가 원하는 사람을 만나기가 어렵다는 이유로 골프를 배우기로 했다.

한두 단계를 거치면 만날 위치까지는 왔지만 그 단계를 깨기는 나이와 사회적 지위가 부족했기 때문이다.

골프는 무술과 비슷한 구석이 있었다.

일단, 튼튼한 하체가 중심을 잡고, 골프채가 내려오는 그대로 골프채를 휘두르면 된다는 것인데, 베기라는 단순한 한 동작을 하루에 수천 번 이상 반복해 온 나에겐 그리 어려운 일이 아니었다.

또한, 굳이 멀리 보내려고 힘을 줄 필요가 없으니 자세가 흐뜨러질 염려도 없었다.

1cm의 거리에서 뻗는 주먹이 뼈를 으스러뜨릴 수 있을 만큼 경을 이용할 수 있었고 공을 터뜨릴 만큼 내공도 충분했다.

딱! 딱! 딱!

기계에서 나온 공을 마치 기계처럼 때려낸다.

"휘익~ 무찬 씨는 골프에 대단한 재능을 가지고 있네요. 마치 기계처럼 정확해요."

"이런, 수강료가 부족하다는 소리처럼 들리네요."

"하하! 수강 기간 이후에 가르칠 게 없을 것 같아 하는 말이에요."

난 많은 돈을 주고 티칭프로에게 개인교습을 신청했다. 정상현 티칭프로는 자세교정용 카메라를 보며 감탄을 아끼지 않는다.

"무찬 씨, 잠깐만요."

공을 100개 정도 쳤을 때 정 프로는 손을 들고 멈추게 했다.

"왜요? 뭐 이상 있어요?"

"아뇨. 자세는 완벽해요. 대신 이제부터는 저기 그물에 걸려 있는 과녁 보이죠?"

안 보일 리가 없다. 양궁의 과녁처럼 그려진 천들이 여러 개 걸려 있었고, 내가 치는 곳 정면에도 있었다.

"네."

"그곳 가운데를 맞힌다고 생각하고 때려보세요. 지금보다 조금 강하게 쳐야 하는데 그때 자세가 어떻게 변하는지 보고 싶어요."

"그러죠."

첫 번째 공은 아까 전과 똑같이 때렸다. 과녁에서 2m정도 아래쪽에 맞는다.

팔에 살짝 힘을 더했다.

딱!

1m 아래.

조금 더 힘을 더했다. 이번엔 과녁에 맞히긴 했지만 옆에 있는 과녁이었다.

"허리가 약간 빨리 돌아 슬라이스가 났어요."

손으로 던지면 백발백중 시킬 수 있었지만 골프채로 공을 때려서 맞추려니 쉽지가 않다.

'처음과 같은 힘, 대신 내공을 담으면?'

팔의 힘을 빼고 대신 내공을 살짝 넣고 때렸다.

따악!

"나이스 샷!"

정중앙은 아니었지만 내 과녁에 처음 공이 들어갔다.

팔에 힘을 주어 조절하는 것보다 내공을 이용해 혈도를 찍고 가격하는 일이 많다보니 내공을 조절하는 게 더욱 편했다.

처음이 힘들었지 감각을 찾자 아까와 다를 바가 없었다.

다만 과녁의 정중앙을 계속 맞히는 건 힘들었다.

"말도 안 돼……."

정 프로는 입을 떡하니 벌리고 '말도 안 돼.' 라는 말만 되풀이 했고, 난 그런 그를 잠깐 보다 신경 쓰지 않고 골프공에 집중한다.

두 시간의 새벽 골프 강습이 끝내고 집으로 돌아 왔다. 정원에서 디오네와 제시카가 스트레칭을 하고 있었다.

간단한 체육복 차림임에도 아침 햇살에 비친 두 사람의 모습은 화보를 찍는 모델처럼 아름답다.

"골프는 잘 치고 왔어?"

"네, 프로선수 될 생각 없냐고 묻던데요."

"내가 도와주겠다니까, 굳이 복잡하게 갈 필요가 뭐가 있어?"

"디아까지 나설 필요는 없어요."

봉구 형은 천외천에서 나의 그날 행적에 대해 물었다고 했다.

괜스레 디오네가 나섰다가 나와 함께 있다는 걸 알릴 필요는 없었다.

"스트레칭 끝났으면 신법과 보법을 연습해 볼까요?"

두 사람에게 가장 먼저 필요한 것이 무엇일까 생각해 봤다. 싸우는 것도 중요하지만 그보다 위급한 상황에서 벗어나는 게 먼저였다.

그래서 둘에게 보법과 신법을 가장 먼저 가르치기로 했다.

보법은 상대의 공격을 피하거나 반격을 위한 수단이었고,

신법은 쫓거나 도망을 가기 위한 수단이었다.

"신법부터 할까?"

"네. 먼저 디오네부터 해요. 제시카는 잘 지켜보고 있어"

"응."

고스트가 가지고 있던 이름 없는 신법은 총 9성, 9단계로 나눠져 있었다.

1성은 열 걸음으로 이루어진 신법을 정확히 밟는 것이었다.

2성은 다리로 내공을 보내 발바닥으로 분출하는 단계로 한 번의 보폭이 5m가 넘어선다.

3성은 발바닥으로 분출되는 기의 양을 정밀하게 조정하는 단계로 보폭이 6m로 늘어나면서 내공 소모량은 줄어든다.

4성은 열 걸음의 신법마다 각기 다른 발바닥의 위치로 기를 뿜는 것이 가능한 단계로 빠른 속도로 달리면서 자유로운 방향 전환을 위해선 필수였다.

5성은 발바닥에서 분출되는 기를 압축해 분사하는 것처럼 사용하는 것으로 본격적으로 한 보폭이 10m를 넘어서고 단숨에 적과의 거리를 좁힐 때 사용한다.

6성은 일단 다리의 세맥이 타통되어야 했고, 4성과 5성을 방법에 발바닥의 네 군데에서 동시에 내공을 분출할 수 있어야 했다.

현재 나의 실력은 5성과 6성 사이, 세맥이 타동 되기엔 내공이 부족했고 겨우 두 군데에서 기를 뿜을 수 있었다.

"하!"

정원의 끝에 선 디오네는 고음의 기합소리와 함께 신법을 밟는다.

신법과 보법을 가르친 지 5일째, 그녀는 풍부하다 못해 넘쳐나는 내공과 보법을 배운 적이 있어서 벌써 2성의 성취를 넘어섰다.

정원의 길이는 대략 가로 24m, 세로 13m. 굳이 최대치의 보폭으로 밟지 않아도 되었기에 빙글빙글 돌며 신법을 펼치기엔 괜찮았다.

물론 넓은 곳에서 해야 좋겠지만 나 역시 좁은 곳에서 훈련을 했고 4성의 단계를 미리 맛본다는 의미에서는 나쁘지 않은 수련 방법이었다.

"이크!"

빠르게 정원을 돌고 있던 디오네는 과하게 분출된 기로 인해 다리가 꼬이며 집의 벽을 향해 벽을 향해 돌진한다.

당황한 그녀는 가까워지는 벽에 눈을 감았고, 난 단숨에 거리를 좁혀 그녀를 안고 벽을 발로 박차며 안전하게 섰다.

"미안, 순간 다리가 꼬였어."

"괜찮아요. 혹시 그런 경우엔 무서워 말고 벽을 밟아요. 건물을 올라가는 재미가 있을 거예요."

"그런 방법이 있었구나."

신법을 펼치느라 땀이 많이 난 디오네의 육향이 머리를 어지럽힌다.

난 재빨리 그녀를 내려놓고 물러났다.

"후후! 오늘 밤 콜?"

내 상태를 눈치챘는지 은근한 유혹의 말을 던지며 장난을 친다.

"다이에요!"

해윤이와 사귈 때도 섹스는 다른 여자와 할 수 있다고 생각했었다.

하지만 최근 들어 왠지 모를 죄책감이 들어 극도로 자제를 하는 중이었다.

"호호! 너무 참으면 병나."

다시 한 번 장난을 친 디오네는 다시 빠르게 정원을 달린다.

"디오네는 잠깐 쉬었다 보법 연습해요. 이번엔 제시카, 이리 와."

제시카는 디오네에게 음양교합법을 배워 약간의 내공을 지니고 있었지만 어떤 무술도 배운 적이 없었다. 그래서 아직 1성도 완성하지 못했다.

"세 번째 걸음은 발바닥이 45도 바깥쪽으로."

"이렇게?"

제시카의 발의 잡고 살짝 더 바깥으로 돌려주었다.

"이 정도야."

"난 왜 이렇게 둔한 거야!"

자신의 머리를 콩 때리며 자책을 하는 제시카.

"괜찮아. 보법에서도 똑같이 쓰는 각도니 금새 익숙해질 거야. 나도, 디오네도 처음엔 제시카와 똑같았으니 천천히 해."

제시카는 천천히 신법을 밟기 시작했고, 틀린 자세가 없는 걸 보곤 디오네에게 갔다.

"앉아요."

"난 이 시간이 제일 좋더라. 호호!"

신법을 밟고 난 뒤 발의 막힌 혈도를 자극하면 훨씬 빠른 시간 내에 뚫렸다. 그래서 신법이 끝나면 매일같이 지압을 해 줘야 했다.

난 얄밉게 구는 디오네의 막힌 혈도를 꽉 눌렀다. 꽤나 아플 것이다.

"아~흥~♡"

"......"

아픔의 비명이 아닌 달뜬 신음 소리가 나온다. 감히 디오네 에게 장난을 치려한 내가 미친놈이다.

발바닥부터 종아리, 허벅지, 그리고 엉덩이의 관절까지 꼼꼼히 자극을 한다.

"위즈."

"네?"

"제시카는 어떻게 할 거니?"

난 지압을 마치고 디오네의 옆자리에 앉았다. 그리고 땀을 뻘뻘 흘리며 신법을 밟고 있는 제시카를 본다.

대답은 쉽게 나오지 않았다.

"너도 알잖아. 음양교합법을 남자 없이 가르치면 어떻게 되는지."

기억을 되찾으며 디오네에게 들은 음양교합법에 대해서도 기억이 났다.

음양교합법은 남자든 여자든 혼자 수련도 가능하고, 남자의 경우엔 엄청난 양의 기운을, 여자의 경우는 음의 기운을 모을 수 있었다.

문제는 양의 기운을 다스리거나 음의 기운을 다스릴 수 있는 방법이 없다는 것이다.

그래서 음양의 균형을 맞춰주지 않으면 결국 미치게 되고, 죽음에 이른다.

"해윤이 때문이니?"

"네. 그러지 않았는데 미안함이 발목을 잡네요."

"사랑스러운 아이지. 도저히 강요할 수가 없네. 네 마음을 생각지 못하고 제시카에게 가르친 내 잘못이야."

쓸쓸한 표정을 짓는 디오네.

"…고칠게요."

제시카가 죽게 둘 순 없었다. 그리고 해윤과는 어차피… 그게 언제가 되었든 헤어질 생각을 하고 있었다.

심장은 아려왔지만 이 정도의 고통쯤 내겐 아무것도 아니었다.

"무리하지 마."

"하하. 무리하지 않아요. 우는 모습이 너무 슬퍼 보여 사귀기로 했지만 내 옆에 있으면 평범하게 살지 못할 거란 거 알고 있었어요."

미안해하는 디오네에게 웃어준 후, 제시카가 펼치는 신법의 잘못된 점을 교정해주기 위해 일어섰다.

"뜨악! 나 없이 시작했단 말이야?"

한참 디오네와 제시카가 수련 중일 때 봉구 형이 들어오며 외친다.

"8시부터잖아요!"

"주말이잖아! 난 새벽에야 겨우 잠들었단 말이야."

"그건 형 사정이죠."

"쳇! 의리 없는……."

'놈'이라는 말을 내 귀에 들릴 정도로만 중얼거리곤 구석에 가서 스트레칭을 한다.

성질 같아선 확 때려주고 싶었지만 늦은 이유를 알고 있었기에 무시하기로 했다.

"근데, 옆집 공사는 언제 끝난대?"

옆집에서 들려오는 뭔가를 부수는 소리에 봉구 형이 묻는다.

디오네와 제시카는 살 집을 구했는데 그게 하필이면 옆집이었다.

옆집 아저씨와 아주머니는 내가 어린 시절부터 알던 사이로 평생 그 집에서 살겠다고 했던 분들이었다. 한데 디오네가 무슨 조화를 부렸는지 며칠 전 이사를 가버렸고, 본격적인 공사가 시작된 것이다.

"한 달 정도 예상하더라."

나한테 물었지만 대답은 디오네가 했다.

"그때 저 지낼 방도 있어요?"

"글쎄, 무찬이가 과연 허락할까?"

"무찬이랑 무슨 상관이 있어요! 집주인이 허락하면 하는 거죠."

디오네는 어깨만 으쓱했고, 봉구 형은 못마땅한 표정을 지으며 신법을 연습한다.

"언니, 오빠, 무찬아!"

"어서 와, 해윤아."

왠지 모를 미안함에 평소보다 더욱 반갑게 인사를 한다.

11시까지 계속되던 수련은 해윤이 나타나며 끝이 났다.

＊　　　＊　　　＊

"봉구 오빠, 들어가요."

"어… 어."

리봉구는 대문까지 마중 나온 고우니가 작별인사를 했지만 잡고 있는 손을 쉽게 놓을 수가 없었다.

"할 말 있어요?"

"아, 아니."

오늘은 반드시 키스를 하겠다고 마음을 먹었지만 생각만 앞설 뿐 결국 시도조차하지 못하고 잠깐 고우니의 입술만 바라보다 손을 놓는다.

주말임에도 집에서만 뭉그적거리는 박무찬이 미웠다.

아니, 그들 패거리 전체가 미웠다.

서울구경이라도 갈 일이지 하루 종일 소파에 뒹굴며 고우니가 차려주는 밥이나 축내고 있으니 도무지 둘만의 시간이 나지 않았다.

그렇다고 둘만 어디 나간다면 득달같이 달라붙을 게 분명했기에 그마저도 여의치가 않았다.

"오빠……."

"으응?"

고우니의 부름에 돌아선 리봉구는 촉촉한 입술이 아주 짧게 닿았다 떨어짐을 느꼈다.

"낼 봐요."

"…그, 그래."

후다닥 뛰어 들어가는 고우니의 뒷모습을 멍하니 바라보던 리봉구의 입꼬리는 점점 올라가더니 찢어질 듯 벌어진다.

심장은 신법을 연습할 때보다 더 거칠게 쿵쾅거렸고, 기분은 당장에라도 담을 넘을 정도로 날 것 같았다.

하지만 그런 기분은 한쪽에서 느껴지는 차가운 살기에 날아가 버렸다.

"헉! 까, 깜짝이야! 어, 언제부터 있었냐?"

박무찬이었다.

벽 위에 걸터앉은 채 무섭게 노려보고 있는 그를 보자 자신도 모르게 말이 더듬거리며 나온다.

"젖 달라는 강아지처럼 불쌍한 표정을 지으며 우니를 바라볼 때부터요."

'이런 개시끼! 말하는 싸가지 하고는.'

"무, 무슨 일로?"

생각과는 달리 억지로 웃으며 용건을 묻는다.

휘익!

하지만 박무찬은 대답은 하지 않고 뭔가를 던졌고 리봉구는 위험을 느끼고 재빨리 옆으로 몸을 구르며 피한다.

그러나 방금 자신이 있던 장소에 떨어져 있는 것이 등에 매는 가방임을 알고 계면쩍게 웃는다.

"하… 하하! 뭐냐?"

"현금하고 신분증, 카드, 통장이에요. 일하는데 필요할 것 같아서 드리는 거예요."

"알고 있었냐?"

"대충요. 돈도 안 되는 일을 굳이 하는 이유를 모르겠지만……."

가방은 묵직했다. 안 그래도 조단성에게 받은 10만 달러가 떨어지고 있던 참이었다. 리봉구는 진심으로 박무찬에게 말했다.

"고맙다."

"혹시 우니에게 피해가 올 것 같으면 그냥 외국으로 튀어요. 제 손으로 증거를 지우게 하지 말아요."

"하여간 말하는 꼬라지가 정이 안 가요, 정이."

다시 한 번 살기를 발한 박무찬은 할 얘기가 끝났는지 사라졌고, 리봉구는 가방을 매고 낮게 중얼거리며 움직이기 시작한다.

집에 돌아온 리봉구는 옷을 갈아입고 박무찬이 준 가방을 열었다.

"휘익! 이게 얼마야?"

절로 휘파람이 나올 정도로 가방은 5만 원짜리 뭉치로 가득 차 있었고, 가장 위에는 신분증이 놓여 있었다.

"망할 자식!"

가짜 주민등록증에 적힌 이름은 '신봉식'이었다.

5만원 한 뭉치와 주민등록증을 호주머니에 대충 꽂은 리봉구는 어제 미리 준비했던 가방을 매고 모자를 푹 눌러 쓰곤 다시 집에서 빠져나왔다.

"경상북도 청송면 가나요?"

"당연하죠! 타세요."

택시를 탄 그는 목적지를 말하고 등을 기댄 채 눈을 감았다.

본래 리봉구는 자신의 장기를 살려 킬러의 길을 갈 생각이었다. 그래서 한 번의 일을 하면 두둑한 현금을 벌 수 있는 일을 찾고 있었다.

하지만 우연히 TV에 나온 사건을 보고 눈물을 펑펑 흘리는 우니를 본 순간부터 그의 길은 바뀌었다.

어린이를 등굣길에 납치해 나쁜 짓을 한 놈이 교도소를 다녀온 다음, 후안무치하게도 오히려 피해자의 가족을 괴롭히고 있지만 경찰은 증거가 없어 딱히 처벌을 하지 못하고 있다는 내용이었다.

리봉구는 그 다음 날, 방송 때문에 경찰서에서 조사를 받고 웃으며 나오는 놈의 머리를 잘라버렸다.

이 사건은 TV와 인터넷을 꽤 크게 다루어졌다.

압도적으로 죽일 놈을 죽였다는 범인을 옹호하는 이들이 많았고, 그런 댓글을 보며 리봉구는 강자와 싸울 때와 같은 묘한 카타르시스를 느끼게 되었다.

　이후로 사회의 이슈가 되어 '죽어 마땅한 놈'이지만 인권을 내세우는 법 때문에 살아 있는 악마들을 타깃으로 삼기 시작했다.

　며칠 전에는 형무소에서 햇볕을 쐬기 위해 나온 악마의 머리를 날려버려 또다시 세상이 시끄러워졌다.

　그 악마는 인간을 끔찍하게 죽인 중국인이었다.

　"손님도 그 얘기 들었습니까?"

　"무슨 얘기요?"

　"그 형무소에서 총 맞아 죽은 놈 얘기 말입니다."

　택시 기사는 심심했는지 리봉구에게 말을 붙여온다.

　"들었죠. 워낙 시끄러우니까요."

　"내 그 얘기를 듣고 얼마나 속이 시원했는지 모릅니다. 손님들도 대부분 누가 한 짓인지 몰라도 잘했다고 하더군요."

　"그래도 법이 있는데……."

　"법은 무슨 법입니까! 법이 약해도 너무 약해요. 사람 죽여 놓고 2~3년이면 나오는 게 정상입니까? 그리고 인권위인지 뭔지가 사형 제도를 없애면서 나라가 개판이 되지 않았습니까."

　"아, 네……."

　"평범한 시민들이 맘 편하게 살 수 있게 해줘야지. 인간 같

지도 않은 놈들 인권은 무슨! 하여간 중국처럼 그런 인간들은
바로 사형을 시켜야……."

한참 열을 내며 자신의 생각을 얘기하던 택시기사는 자신
이 가는 목적지를 생각했는지 갑자기 말을 멈추곤 눈치를 본
다.

"제 생각도 아저씨와 같아요. 그리고 교도관 친구에게 가
는 거예요."

먼 길을 가야 하는데 굳이 얼굴을 붉힐 필요가 없었기에 적
당히 거짓말로 둘러댄다.

"험험! 그러시군요."

믿는 눈치는 아니었지만 더 이상 입을 열지 않고 운전에 열
중한다. 차는 고속도로에 들어서며 빠르게 청송면으로 향한
다.

청송 제2 교도소라 불리는 이곳은 우리나라 교정시설 중
마지막 보루라 불리는 곳이며, 보통 교정시설이 4개의 감시
대가 있는 반면 이곳은 7개의 감시대가 있을 정도 엄중격리
대상자들과 독거수용대상자들을 대상으로 하는 악명 높은 곳
이었다.

택시에서 내려 이곳까지 뛰어온 리봉구는 숨을 가다듬으
며 가방을 열고 검은 옷으로 갈아입는다.

검은색 두건까지 쓰자 완벽하게 어둠과 하나가 된다.

그리고 검게 칠해진 탄창이 열매처럼 달린 탄띠를 허리에

두르곤 정문으로 잠입해 들어간다.

퍽! 퍽! 퉁!

"미안."

보초를 서는 두 사람의 뒷목을 쳐 잠재우고, 정면 초소에 있던 관리병은 수면탄을 사용해 잠을 재웠다.

가볍게 사과를 한 후 빠르게 7개의 감시대를 돌기 시작했다.

10분이 되지 않아 모두 잠을 재운 리봉구는 카메라의 사각지대를 이용해 벽을 기어오른다.

꺄락! 끼익! 꺄락!

내공을 주입한 단검이 쇠창살과 창문을 동시에 가른다.

"누, 누구냐!"

화장실이었는지 바지춤을 내리고 오줌을 싸던 교도관이 혼비백산하며 바지가 젖는 줄도 모르고 바지를 추켜올리려 한다.

"큭!"

목을 잡아 소리를 못 지르게 만들고 단검을 들어 그의 목을 겨눈 리봉구는 음산하게 물었다.

"교도관은 몇 명이지?"

"모, 몰라!"

"감시실이 어디지?"

"모, 모른다……. 윽!"

강한 의지를 가진 이에게 굳이 물을 생각이 없었기에 기절시킨다.

그리고 젖은 바지와 윗옷, 모자를 벗겼다.

대충 위에 걸쳐 입은 리봉구는 고개를 숙인 채 복도로 나와 좌우를 살폈다. 그리고 인기척이 느껴지는 왼쪽으로 향한다.

철컥!

수많은 모니터가 설치된 감시실은 잠겨 있었다. 단검에 다시 내공을 주입해 손잡이 부근을 찌르고 돌리자 자물쇠가 부서지는 소리가 들리며 문이 열린다.

"치, 침입자?"

두 사람 중 한 명은 비상벨을 누르려 했고, 다른 한 명은 허리춤에 있는 권총을 잡으려 했다.

먼저 몸을 날려 비상벨을 누르려는 교도관의 팔을 잡으며 때렸고, 막 총을 겨누며 쏘려는 교도관의 총의 공이치기에 엄지를 끼워 발사가 안 되게 만든 후 비틀며 총을 빼앗고 뒷목을 쳤다.

"이놈들, 영원히 잠들게 해주지."

모니터에 각 수감실을 비추고 있었다.

모두 잠든 모습에 리봉구는 피식 웃고는 녹화시설을 망가뜨리고 밖으로 나와 다른 교도관들을 찾는다.

"수감실 열쇠는?"

"무, 무슨 짓을 하려는 겁니까?"

가장 젊어 보이는 한 명을 제외한 다른 교도관을 모두 재운 리봉구는 그에게 총을 겨눈 후 물었다.

"탈주시키려는 건 아니니까 걱정 마. 그저 살아갈 필요 없는 쓰레기들을 없애려는 것뿐이야. 물론, 일반 수감자까지 건드릴 생각은 없어."

"그들은 쓰레기가 아니오!"

"거짓말. 당신 눈은 살아 있을 필요가 없는 이들이라고 말하고 있어."

"아, 아니오!"

"그럼 말해봐. 그들 중 살아 있을 가치가 있는 이가 누구인지. 이유가 타당하다면 살려주지."

"그, 그건……."

"빨리 생각해. 그리고 굳이 열쇠가 필요해서 당신한테 묻는 건 아니야. 총알이 부족할 것 같아 묻는 것뿐이니까."

리봉구는 허리에 차고 있는 탄창들을 보여주며 말했다.

"수, 수감번호 3626번. 그는 회개를 했어요."

"수감번호 3626번이면 살인강간범을 말하는 건가? 후~ 그는 회개를 했어도 죽어야 돼. 당신 딸이 그런 일을 당했다면 당신은 용서를 할 텐가?"

리봉구는 이미 수감자의 모든 정보를 알고 있었다. 그리고 이미 살생부는 작성되어 있었다.

"…다, 당신은 용서를 할 생각이 없군요?"

"용서는 인간에게 쓰는 말이야. 수감실 열쇠는?"

"입구에 있는 두 명의 교도관에게……"

"죄의식 따윈 느끼지 마. 범인은 나고 당신의 목숨은 방금 그 말로 살아났으니까."

마지막 말을 마친 리봉구는 젊은 교도관에게 수면탄을 발사했다.

그리고 수감실로 들어가는 곳에 있는 두 명의 교도관도 똑같이 만들고 열쇠꾸러미를 들었다.

첫 번째 수감실의 문을 열었다.

"3570번!"

"뭐, 뭐야, 씨발! 한밤중에 자는 수감자를 깨우면 어떻게 되는지 몰라?"

"알아."

푸슉! 푸슉!

소음기가 장착된 총이 불을 뿜는다. 한 방은 머리에, 다른 한 방은 심장에 정확히 맞는다.

피 냄새가 확 풍겨온다.

"파란색 피인 줄 알았더니 아니었군."

감정 없이 말을 뱉은 리봉구는 빠르게 수감실을 돌았고, 허리에 매고 있던 탄창은 빠르게 줄어갔다.

"교, 교도관! 어떤 새끼가 사람을 죽인다고! 빨리 문을 열어

줘! 문을 열어 달라고!"

피 냄새에 민감한 놈들이 있었다.

하지만 리봉구는 그들의 외치는 소리를 그대로 둔 채 하는 일을 계속했다.

고함 소리에 잠에서 깨어난 수감자들은 문이 열리자마자 반항을 했지만 그에겐 의미 없는 행동에 불과했다.

"여긴 마지막으로."

일정한 패턴으로 돌던 리봉구는 방 번호와 수감자 번호를 확인하곤 마지막으로 돌린다. 그리고 수많은 수감자가 고함 지르는 소리로 가득했던 수감실은 시간이 지날수록 차츰 줄 어들었다.

"이 개……."

덤비다가 구석에 처박혔던 놈이 막 욕을 할 찰나, 번쩍번쩍 두 번 빛난다.

"욕하지 마. 아무리 나라도 쓰레기한테 들으면 기분 나빠 진다고."

총은 모두 사용했다. 리봉구는 사용하던 총을 바닥에 던져 두곤 아까 남겨뒀던 방으로 갔다.

그리고 조그마한 문을 열고 수감자의 번호가 아닌 이름을 불렀다.

"조듀순."

"사, 사탄아! 사, 사라져라!"

오늘 일은 한 편의 비디오에서 시작되었다. 2013년 가을에 나온 영화를 보다가 리봉구도 울고, 고우니도 울었다.

그리고 끓어오른 분노에 오늘 일을 계획한 것이다.

"일단 똥구멍부터 시작하자!"

단검을 든 리봉구는 문을 열고 방 안으로 들어갔다.

"사, 살려줘."

"죽이진 않아. 하지만 나중엔 죽고 싶어도 죽여 달라는 말도 나오지 않을 거야!"

"크악! 아아아아아아아!"

비명 소리가 고요해진 수감실을 가득 채운다.

"팔다리도 없고, 말도 못하니 이제 죽지도 못하겠네. 열심히 살아. 어차피 사람은 무덤가기 전까지는 다 누워 있게 마련이니까."

리봉구는 엉망진창이 되어서도 아직 살아 있는 조듀순을 보며 말했다.

"참! 국가가 세금으로 고쳐줄 거야. 이번엔 국민들도 세금 아까워하지 않을 테니까 출감하고 찾아갈 때까지 잘 지내라고."

모든 일을 마친 리봉구는 입고 있던 교도복을 벗어 검은 어둠이 되어 청송 제2 교도소를 벗어났다.

그리고 얼마 전부터 배우기 시작한 신법을 펼치며 빠르게 영등산 쪽으로 향했다. 영등산과 청량산을 거쳐 최대한

북으로 향하다 아침에 택시를 타고 집으로 돌아갈 생각이
었다.

　오랜만에 천리행군이 생각나는 리봉구였다.

3장

사건을 사건으로 덮다

대한민국은 충격과 공포에 빠졌다.

청송 제2 교도소에 나타난 희대의 살인마에 대한 얘기가
온 TV와 인터넷을 점령했고, 전 세계의 언론이 한국을 주목
했다.

많은 수를 죽이면 영웅이 된다고 했던가?

내가 바보라고 생각하던 사람은 TV에서는 살인마로, 인터
넷에선 영웅으로 묘사되었고, 학교에서는 '꼭 한 번 보고 싶
은 사람'으로 며칠 동안 사람들의 입에서 떠나지 않았다.

안 그래도 하루에게 김철수 형사가 찾아와 위준을 아느냐
고 물었다고 해서 머리가 아픈데 이 바보 같은 형이 일을 너

무 크게 벌였다.

이번 일은 군경합동으로 수백, 수천 명이 사건에 매달릴 수 있는 일이었다.

과학수사를 한다면 오히려 걸리지 않을 것이다. 하지만 발로 뛰는 우리나라 형사 스타일이 더 무서운 결과를 낳을 수 있었다.

"하여간……."

수사 진행과정이 상세히 담긴 신문을 보다가 테이블로 던졌다.

맞은편에 앉아 있던 봉구 형은 흠칫 놀라며 소파로 파고든다.

자신이 무슨 짓을 저질렀는지 알긴 아나 보다.

"왜 괜한 봉구를 잡니? 내 생각하기엔 아주 잘한 일이라고 생각해."

"누나, 맞죠! 잘한 일이잖아요. 쓰레기들 처리하느라 힘들었는데 칭찬은 못해줄 망정……."

"위즈, 살기 좀 거둬."

디오네는 봉구 형의 편을 든다. 하긴 내가 그를 욕할 처지는 아니었다.

"휴~ 이번 일 끝나면 일본에 가서 신분세탁 좀 하고 오세요."

"구, 군이 그럴 필요까지야……."

"우리나라 경찰, 검찰을 우습게 보지 말아요. 일이 많다는 핑계로 안 잡고, 돈 먹고 사건을 은폐하기는 해도 마음먹으면 꽤 유능한 편이에요."

"거의 강원도까지 뛰어간 다음 택시, 버스도 꽤 여러 번 갈아타고 와서 걸릴 염려는 없어."

물론, 그곳에서 흔적이 발견될 거라곤 생각되지 않는다. 하지만 내 옆에 있다는 것만으로도 충분히 조사대상에 들어갈 수 있었다.

"그렇겠죠. 형 때문이 아니라 저 때문에 그래요. 제가 저질러 놓은 사건 때문에 분명 절 의심하고 조사할 사람이 있거든요."

"그러냐?"

"네. 그래서 오늘부터는 디오네랑 제시카도 호텔에서 머물러야 해요. 사건이 조용해질 때까지 제 주변에 있으면 안 돼요."

"뭐야, 봉구 오빠 때문에 오늘부터 호텔에서 지내야 한다고?"

밤새 행한 음양교합법 때문에 늦게까지 자다가 이제 일어난 제시카가 방을 나오며 봉구 형을 가볍게 쏘아본다.

"너, 너까지 왜 그러냐?"

"잘 잤어, 위즈?"

"……."

소파에 앉아 있는 날 뒤에서 꼭 껴안는 제시카. 마치 연인처럼 행동하는 그녀의 행동에 봉구 형은 입을 떡 벌린 채 입만 벙긋거린다.

제시카와 나흘 연속 음양교합법을 행했다. 어느 정도 음기를 잡았지만 거의 1년 가까이 방치된 것을 완전히 잡기에는 시일이 걸릴 터였다.

"제시카, 조심해야지."

뜨끔해하는 내 마음을 알았는지 디오네가 가볍게 질책을 한다.

"아! 미안, 언니."

"괜찮아. 봉구, 잠깐 나 좀 볼래?"

놀란 얼굴의 봉구는 디오네를 봤고, 그녀가 거는 최면에 걸리며 눈이 몽롱해졌다가 풀어진다.

"어……? 제시카, 깼어?"

"응, 오빠."

기억이 지워진 봉구 형은 제시카를 이제야 본 듯 인사를 했고, 그녀는 모른 척 소파에 앉는다.

난 잠깐 관자놀이를 누르다 하던 말을 계속했다.

"어쨌든 봉구 형은 신분세탁을 해야 해요."

"난 일본에 연고가 없어서 시간이 꽤 걸릴 텐데… 마음에 내키지 않아."

"걱정 마. 일본에 갔다가 바로 미국으로 가면 돼. 그 문제는 내가 처리해 줄게. 비행기만 몇 번 타면 되니까 3~4일이면 다시 올 수 있을 거야."

봉구 형이 우니를 좋아하고 있다는 사실을 모르는 사람은 없었다. 그의 마음을 알았는지 디오네가 좋은 제안을 했다.

"앗! 그래주시겠어요, 누님?"

"그럼, 그 문제는 디오네가 해결해 주세요. 그리고……."

금요일은 오전 수업이 없었다.

우니는 학교를 먼저 보낸 후 우리 네 사람이 모인 이유는 내일 도착할 베트남 킬러들을 처리할 방법을 얘기하기 위해서였다.

"원래 계획을 조금 바꿀 생각이에요."

"어떻게?"

"조용히 해결할 생각이었는데 조금 소란스럽게 만들려고요."

"요즘 시끄러운데 괜찮겠어?"

"잘만하면 소란도 잠재울 수 있을 것 같아요. 그래서 디오네의 도움이 필요해요."

"얼마든지. 뭘 해줄까?"

내가 생각했던 바를 설명하기 시작했고, 디오네는 재미있다는 듯 미소를 짓는다.

*   *   *

베트남 밀림에서 도적 생활을 하던 부이 꽁 민은 조단성의 부탁을 받고 한 사람을 처치하기 위해 부하들과 함께 한국행 배에 몸을 실었다.

인천여객터미널에 도착한 그들은 중국인 관광객으로 위장하고 있었기에 별문제 없이 입국심사를 통과했다.

그리고 입구를 나서자 '민 씨와 그 일행을 환영합니다' 라 적힌 핑크빛 종이를 든 사내가 서 있었다.

"이강민 씨?"

"조단성의 부탁을 받고 오신 분들이오?"

"그렇소."

"따라들 오쇼."

선글라스를 쓴 채 퉁명스럽게 말하는 리봉구가 마음에 들지 않았지만 조단성이 그의 성질을 건들이지 말라고 몇 번이고 말했기에 부하들과 그를 따른다.

"타쇼들."

리봉구가 준비한 것은 고급 관광버스였다.

"타라!"

부이 꽁 민은 일단 부하들의 타는 것을 확인한 후 버스에 올랐고 비어 있는 의자에 앉았다.

"18명이 다요?"

민은 옆에 앉으며 묻는 그의 태도에 다시 한 번 인상을 썼다가 풀었다.

나이는 어려 보였지만 리봉구에게서 풍기는 기도는 은연중에 그를 움츠러들게 만들었다.

하지만 겨우 열여덟 명뿐이냐는 듯한 말에 퉁명스럽게 답했다.

"그렇소. 모두 일당백의 용사들이니 제몫은 할 거요."

"이런, 제 말투가 기분이 나빴다면 사과하죠. 하지만 원래 말투가 이 모양이니 용서하시구려."

"큼! 그렇다고 사과까지야……. 이제부터 우리는 뭘 하면 되겠소?"

"배타고 오느라 힘들었을 텐데 일단 쉬는 게 좋지 않겠어요?"

"우리는 언제든 좋소."

"의욕은 좋지만 어차피 놈을 잡기 위해선 다음 주까지 기다려야 할 테니 그동안 한국 관광이나 하쇼."

"감시는 어쩌고요?"

민은 관광이나 하라는 리봉구의 말에 의문을 표했다.

"보통 놈이었으면 벌써 내 손에 죽었겠지. 멀리서 바라만 봐도 기기 막히게 알아차려서 감시는 어림도 없소."

"그래도……."

"의심스러우면 위치를 가르쳐 줄 테니 몇 명 붙여보쇼. 대신 동료가 죽었다고 날 원망하지는 마쇼."

민은 리봉구의 말이 믿어지지 않았다. 그리고 자신들은 죽음도 두려워하지 않는 악독하기로 소문난 베트남 도적들이었다.

"어떤 놈인지 일단 확인이나 해봐야겠소."

"참, 그 양반 죽을 자리인줄도 모르고……."

"난 죽음이 두렵지 않소!"

"이거야 원, 쩝! 좋소이다. 당신이 직접 갈 거요, 아님 동료를 보내겠소?"

"나와 부하 한 명과 같이 가겠소."

"에휴~ 알았수. 일단 숙소에 가서 무기도 챙기고 갑시다."

"당신도 갈 거요?"

"다음 주에 일을 진행해야 하는데 통솔자가 죽으면 뒤에 있는 자들은 어쩔 거요?"

'실력은 있을지 모르지만 겁쟁이군.'

민이 내린 리봉구에 대한 첫인상이었다. 그리고 조단성에게 들은 그에 대한 얘기가 모두 허무맹랑한 허풍이라고 느껴졌다.

숙소는 크지 않는 호텔이었지만 깔끔했다.

"무기는 화요일 날 들어오니 일단은 내 무기를 쓰쇼."

리봉구는 두 자루의 토카레프를 던져준다. 민은 주 무기로 사용하던 총이었기에 꼼꼼히 살펴본다.

틱! 찰칵! 틱! 찰칵! 틱!

그리고 탄창을 빼고 습관처럼 세 번의 격발을 해본다.

"괜찮군요."

"내가 쓰던 무기니까요. 자, 갑시다. 지금쯤이면 골프연습 중이겠네요."

"그럽시다."

"참, 들켰다 싶으면 뒤도 돌아보지 말고 튀어요. 동료를 돕겠다는 생각 따윈 버리쇼. 그게 사는 길이니."

좋은 말도 계속 들으면 짜증이 나는데, 하물며 기분 나쁜 얘기를 계속 들으니 민은 화가 났다.

"그렇게 겁나면 위치만 가르쳐 주시오! 도대체 그리 겁을 먹……."

순간적으로 폭사하는 살기에 민은 재빨리 총을 리봉구에게 겨누었다.

하지만 이미 그는 앞에 없었다.

그리고 맹수가 울부짖듯이 등 뒤에서 으르렁거린다.

"한 번만 더 날 무시하는 소리를 하거나 총을 겨누면 날 돕기 위해 왔다지만 용서하지 않는다. 알아들었나?"

"아, 알았소."

살기가 사라지며 목에 겨누어졌던 차가움도 사라진다.

"갑시다."

언제 그랬냐는 듯 어깨를 툭 치며 가자는 리봉구는 처음 만날 때처럼 가볍게 행동을 한다.

하지만 방금 당한 일이 있어서인지 민의 등에는 식은땀이
주룩 흐른다.

부하 한 명에게 손짓으로 따르라 명하곤 리봉구를 따라 호
텔을 나갔다.

리봉구는 골프를 치고 있는 박무찬을 감시할 건물 옥상으
로 올라가며 몇 번이고 도주로를 확인, 또 확인시킨다.

옥상에서 골프장까지는 꽤 먼 거리였기에 망원경을 이용
해야 했다.

"확인하쇼. 저기 제일 왼쪽에 치고 있는 자가 박무찬이
요."

민은 몸을 숨기지 않고 망원경으로 박무찬을 봤다. 잘 먹고
잘사는 티가 확실히 나는 그는 골프채를 휘두르고 있었다.

'그리 강해보이지 않는군.'

지금 당장에라도 목을 비틀어버릴 수 있을 정도로 약해보
였다.

순간 미약하게 살기를 흘리는 민이다.

"어라? 놈이 날 본건가?"

골프를 치던 놈은 자신을 향해 빤히 바라보고 있었기에 순
간적으로 말을 했다. 그리고 그가 골프채를 휘두르는 모습이
흐릿하다고 느껴졌다.

"피해!"

리봉구의 목소리가 들리며 민은 자기의 몸이 그의 발에 걸려 뒤로 쓰러진다는 느낌을 받았다.

슈우우우웅! 픽!

무언가 얼굴을 지나 뒤에 있던 벽에 박히는 소리가 들렸다.

"허억! 고, 골프공!"

옥외 광고판이 세워져 있던 옥상의 콘크리트 벽의 일부가 마치 폭탄을 맞은 것처럼 부서져 있었다. 그리고 그렇게 만든 것으로 보이는 골프공이 흉측하게 터진 채 바닥에 떨어진다.

"놈이 온다. 튀어!"

리봉구는 말과 함께 이미 옥상을 내려가고 있었다. 바닥에 누워 잠깐 주춤거리던 민도 부하에게 손짓하고 뛰기 시작했다.

슈우웅! 팍! 슈우웅! 팍!

옥상을 벗어나는 그의 뒤로 다시 골프공이 박히는 소리가 난다.

헐레벌떡 옥상을 내려온 그는 아까 리봉구가 가르쳐준 탈출 경로를 생각하며 죽을힘을 다해 달린다.

"헉헉!"

숨이 턱까지 차 더 이상 못 달리겠다 싶을 때 리봉구가 손짓하는 모습이 보인다. 한데 그보다 네다섯 걸음 앞에 달리는 부하의 등을 보니 왠지 기분이 묘해지는 그였다.

"살아 있었군요."

"헉헉! 당신이 왜 그렇게까지 말했는지 이해가 되는군요."

"내가 몇 번이나 죽을 뻔했는지 모를 거요. 어쨌든 이곳도 빨리 벗어납시다. 놈이 이 주변을 뒤지고 있을지 모르오."

"그, 그럽시다."

조금 전의 상황을 생각만 해도 끔찍했다. 만약 그 골프공을 맞았다면 즉사했을 것이다. 그리고 목숨을 구해준 리봉구에게 감사함을 느꼈다.

"아까 고마웠소."

"감사는 나중에 하고 어서 택시나 타쇼."

택시를 세우고 손짓하는 리봉구에게 살짝 고개를 숙이고 택시를 타려던 민은 앞에서 택시 문을 열고 먼저 타려는 부하를 보곤 결국 그의 정강이를 걷어찬다.

"아악! 왜, 왜 그러세요, 두목?"

"몰라서 묻냐, 이 새끼야?"

다시 한 번 그의 옆구리를 소리 나게 때리곤 먼저 택시를 탔고, 택시는 빠르게 그들이 묵고 있는 호텔로 향한다.

죽음에서 벗어난 부이 꽁 민은 다음 날 박무찬을 죽일 계획을 듣고 난 다음부터 리봉구의 말에 토를 달지 않았다.

"관광객으로 온 것이니 계획 당일까지 관광이나 합시다."

"그렇게 하죠."

"난 놈의 동태를 살펴야 하기 때문에 항상 같이 할 수 없으니 관광을 안내할 사람을 소개하죠. 미쉘."

"……!"

금발을 검은색 머리로 염색한 디오네가 버스에 오르자 도적들은 두 눈을 부릅뜬 채 입을 다물지 못한다.

"여러분의 관광 안내를 맡은 미쉘이에요."

"나와는 오랜 친구이니 허튼짓할 생각은 꿈에도 생각 마쇼."

능숙한 중국어로 말을 하는 디오네를 보고 음탕한 눈빛을 보내던 몇몇은 리봉구의 살기 어린 눈빛을 받고는 겁먹은 생쥐처럼 움츠린다.

"호호! 너무 겁주지 말아요. 그럼 오늘은 서울부터 돌아볼까요?"

"예!"

그녀의 말에 마치 한 사람처럼 일제히 말한다.

활짝 웃는 디오네를 바라보던 민은 자신도 모르게 입을 벌리고 따라 웃는다.

뿌옇게 흐려진 머리엔 온통 미쉘의 얼굴만 가득했고, 그녀가 뭔가 말해주길 간절히 바란다.

"이곳이 경복궁이에요. 아름답고 한국의 미를 느낄 수 있는 곳이죠. 경복이라는 뜻은 '큰 복을 누리라'는 뜻으로 여러분도 그렇게 되길 바랄게요."

"네!"

경복궁? 어떤 곳인지 보이지도 않았다. 오로지 미쉘의 일거수일투족에 모든 시신경이 쏠렸고, 그녀의 목소리만 고막에 닿았다.

민과 그 일행들은 하루 종일 이곳저곳을 다녔지만 기억엔 아무 곳도 없었다.

호텔에 돌아와서도 그저 빨리 시간이 흘러 내일이 오기만을 기다리며 눈을 감는다.

                    *   *   *

"이거야 굿이라도 한판 하든가 해야지. 맡는 사건마다 왜 이 모양인지 모르겠어."

문정배 검사는 의자에 깊게 몸을 묻으며 중얼거린다.

"그러게 말입니다. 검사님 장가가기 전까진 끝나야 할 텐데……."

문정배 검사를 보조하는 검찰사무직 계장이 서류를 보다 그의 말에 동조를 한다.

"저야 그렇다 하지만 이 계장님이 고생이시네요. 한데 김철수 형사에게 업무 협조요청 한 건 어떻게 됐습니까?"

"별로 내키지 않는 모양입니다."

"어쩔 수 없죠."

미결로 종결된 중국인 연쇄살인사건 당시 꽤 유능한 형사였기에 이번 사건도 같이 하길 원했지만 싫다고 하니 어쩔 수 없었다.

이미 수십 명이 넘는 형사와 수백 명의 경찰이 이 일에 매달리고 있었기에 그들이 전해주는 서류를 보고 분석하는 일만으로도 벅찼다.

"조듀순은 어떻게 됐습니까?"

"살아는 있습니다. 한데 혀와 팔이 잘려 범인에 대한 증언은 할 수 없을 것 같습니다."

"쩝, 그놈을 보면 범인에게 박수라도 쳐주고 싶은 심정입니다."

"허허! 저도 그렇습니다. 하지만 범인은 잡아야죠."

"당연하죠."

"참, 한 부장검사님이 전화하셨습니다."

"됐어요! 보고할게 있어야 하죠."

이번 청송 제2 교도소 집단테러 사건의 실질적인 책임자인 한 부장검사는 이틀 정도 얼굴비치더니 다 문정배 검사에게 맡기고 서울로 가버렸다.

한데 그럼 조용히 라도 있던가. 하루에도 몇 번씩 전화해 어떻게 되었냐고 묻는 통에 그는 머리가 아플 지경이었다.

"허허허! 그래서 현장을 돌고 있다고 말씀 드렸습니다."

"역시 이 계장님뿐이세요."

문정배 검사는 이 계장에게 엄지손가락을 들어보이곤 다

시 수북이 쌓인 서류를 뒤적거리기 시작했다.

─디리리링! 디리리링!

"에이! 어라? …모르는 전화네."

한 부장검사에게 전화가 온 줄 알고 신경질적으로 전화기의 덮개를 열었지만 처음 보는 전화였다.

"여보세요?"

─…저, 혹시 교도소 살인사건 담당 검사님 되십니까?

일순 긴 공백에 장난전화라 생각했다.

하지만 마치 누군가 듣기라도 하는 것처럼 조심스럽고 낮은 목소리에 문정배 검사는 촉이 오는 것을 느끼곤 옆에 있는 녹음장치와 스마트폰을 연결했다.

그리고 이 계장에게 수신호를 보내 전화를 건 사람에 대해 알아보라고 했다.

"네, 맞습니다."

─저, 그게… 아무래도 수상한 일이 있어서 전화를 했습니다.

"편하게 말씀하세요. 조사해서 아무 상관없는 일이라고 해도 전화주신 분에게 피해가 가는 일은 없을 겁니다."

─…정말입니까?

"물론입니다. 제 이름이 문정배인데, 이름을 걸고 아무 일도 없을 거라 말씀드리겠습니다. 이제 좀 안심이 되십니까?"

─그러니까… 제가 관광버스를 운영하는데 최근 태운 손

님들이 약간 이상해서요.

"어떤 면에서요?"

—중국 사람인지, 베트남 사람인지 헷갈리긴 한데 관광을 교도소 쪽으로 하더란 말이죠.

"네?"

문정배는 순간 그가 말하는 바를 이해하지 못하고 되물었다.

—글쎄 관광을 한다는 사람들이 계속 교도소 부근만 구경을 하더란 말입니다.

"아! 그렇군요."

—그리고 내가 중국관 광객을 많이 받아봐서 몇 단어 알아듣는 편인데 나오는 단어가 심상치 않았습니다.

한 번 입이 터지자 쉴 새 없이 말을 토해낸다.

그리고 이 계장이 전화 추적이 되었다고 손으로 OK 표시를 만든다.

—죽인다, 청부살인, 침투라는 단어가 심심찮게 들렸습니다.

"어디 교정본부를 구경했습니까?"

—교정본부요?

"아, 교도소를 말하는 겁니다."

—서울 성동 교도소 부근을 배회했습니다.

최근 일어난 범죄자 살인사건은 언론의 집중적인 조명을

받았던 범인들을 노린 범죄였다.

청송 제2 교도소에서는 많은 이들이 죽었지만 조듀순이 주 목표였다는 건 수사하는 형사들이 다 아는 사실이었다.

최근 주목을 받았고, 성동교도소에 수감되어 있는 인물은?

지나가는 행인들에게 칼을 휘둘러 두 명을 살해한 놈, 여고 생을 무참하게 살해했다 최근 성년이 되면서 이송된 놈……

네댓 명이 주루룩 머리에 떠오른다.

"한데 관광버스라면 일행이 많았습니까?"

—18명이었습니다.

"다른 정보는 없습니까?"

—4일간 계약이 오늘로 끝났습니다.

몇 가지 더 물어보던 문정배 검사는 정보에 감사하며 전화 를 끊었다.

"성동교도소에 연락해서 최근 주변에 배회하던 버스가 있 는지 확인해 주세요. 그리고 정보 제공자에 대해서도 말이 사 실인지 알아보시고요."

"네, 검사님."

"수사관들 호출도 부탁드립니다."

"이미 해뒀습니다."

문정배 검사는 습관인 듯 이 계장에게 엄지손가락을 다시 들어 보인다.

밤이 되면 조용해지는 서울 성동교도소 주변은 오늘 따라 벌레소리도 들리지 않을 만큼 고요하다.

하지만 자세히 보면 주변 건물의 그늘진 곳에는 검은 옷을 입은 사람들이 조금씩 움직이고 있음을 볼 수 있다.

성동교도소 내 체육관에 본부를 마련한 문정배 검사는 지난 밤 설치된 CCTV를 살피며 무전기로 지시를 내린다.

"놈들이 침투해 들어올 때까지 절대 움직이지 말도록."

어제 저녁 제보자의 연락을 받고 회의를 거친 후에야 상부에 보고를 했다.

그리고 혹시나 감시자가 있을까 조심스럽게 성동교도소를 요새화시켰다.

"실내에서 제압할 생각입니까?"

경찰특공대의 책임자가 모니터를 보며 묻는다.

"상부에선 혹시 모를 시민들의 안전을 위해 그렇게 하라고 지시를 내렸습니다."

"하지만 수감자들을 옮기지 못한 상황에서 만에 하나 그들이 죽는다면……."

"그렇게 되지 않길 바라야죠."

모든 걸 철저히 준비하기엔 시간이 부족했기에 어쩔 수 없는 상황이었다.

시간은 지루하게 흘러갔고, 새벽 1시가 넘자 무전기가 울렸다

―정문 쪽 한 명이… 아니, 다수의 인원이 움직이고 있습니다!

"8번 카메라에 잡혔습니다!"

"메인 영상으로 옮겨."

50인치 LED TV엔 하나의 인형이 빠르게 정문으로 다가오는 게 보인다.

"저럴 수가……."

"청송 제2 교도소와 같은 방법입니다!"

"조용!"

여기저기서 감탄의 소리가 들려왔다. 문정배 검사는 고함을 질러 모두를 조용히 만들고 화면에서 시선을 고정한다.

정문으로 들어온 닌자 복장의 사내는 빠르게 입구를 지키는 경비들을 잠재우고 감시탑으로 향한다.

흡사 그 모습이 한 마리의 흑표범처럼 날렵하다.

"3, 4 감시탑이 당했습니다!"

"저러다 병력들이 죽기라도 하면 어쩌려고… 빨리 특공대를 투입시키는 게 좋지 않겠소, 문 검사."

"늦었습니다. 만일 저자가 도시를 휘젓는다고 생각해 보십시오."

"……."

특공대장은 문정배 검사의 말에 아무 말도 할 수가 없었다. 그저 경비 병력들이 화면에서 보는 것처럼 정신만 잃었기를 바랐다.

"1, 2 감시탑도 당했습니다."

경비들도 누군가가 침투할 것이라는 걸 알고 있었다. 한데 대항은커녕 다가왔다는 것을 느끼지도 못하고 쓰러진다.

감시탑을 무력화시킨 놈의 손짓에 감시카메라 밖에서 몸을 숨기고 있던 자들이 교도소 정문을 통과하기 시작했다.

"모두 몇 명이지?"

"카메라 밖으로 이동하는 이들도 있어 파악이 쉽지 않습니다."

"18명이라는 정보이니 정확히 파악해."

"노, 놈이 창살을 자릅니다."

메인 화면에 매미처럼 창문에 매달린 사내가 뭔가를 이용해 창살을 자르고 있었다.

"무엇으로 창살을 저렇게 자를 수 있는 거지?"

창살은 놈의 손이 움직이는 방향으로 수수깡처럼 잘려나간다. 그때 카메라가 있는 방향을 보던 놈이 총을 겨누며 쏜다.

"10번 카메라가 부서졌습니다!"

말하지 않아도 메인화면에 눈을 두고 있던 사람들은 모두 알 수 있었다.

화면에는 'No Signal'이라는 글자만 떠 있었다.

"19번 카메라에 놈들이 잡혔습니다. 면회자 접수처가 있는 곳입니다."

'하나, 둘, 셋… 열여섯, 열일곱, 열여덟!'

적외선 카메라에 잡힌 범인들의 수는 정보제공자의 말과 정확히 일치했다.

"작전을 시작하십시오!"

"작전 개시!"

문정배 검사는 특공대장에게 외쳤고, 특공대장은 이어폰에 손을 대고 말했다.

다목적실과 교도소장실, 교정교실에 대기 중이던 특공대들이 움직이기 시작했고, 밖에 대기 중이던 경찰들은 일제히 교도소를 물샐 틈 없이 포위한다.

드르륵! 드르륵!

반자동으로 놓인 자동소총의 소리가 가까이에서 들린다.

"조우했습니다. 놈들이 권총을 쏘며 저항하고 있습니다."

"가급적 체포해야 해!"

하지만 문정배 검사의 말은 계속해서 들리는 총소리에 묻혀 버린다.

쾅! 쾅! 와장창!

이어 폭탄이 터지는 소리가 들리며 건물 전체가 부르르 떨렸고, 어설프게 걸려 있던 모니터 하나가 바닥에 떨어지며 요란한 소리를 만든다.

"세탁실과 양호실의 벽이 뚫렸습니다. 정문이 막히자 우회로 수감자실로 향합니다."

"막으라고 하세요!"

문정배 검사는 특공대장에게 외쳤고, 특공대장은 연신 고함을 지르며 침입자들의 방향을 말한다.

"침입자 총 5명이 처리됐습니다!"

"15, 18번 카메라 아웃!"

"다시 폭탄을 설치합니다!"

"입구에 있는 특공대가 들어옵니다!"

"터집니다!"

쾅!

"씨발 새끼들!"

문정배 검사는 아수라장처럼 시끄러운 통제실의 분위기에 인상을 썼고, 계속된 폭탄의 사용으로 귀에서 긴 이명이 이어진다.

생포를 염두에 두고 한 작전이었다. 하지만 설마 폭탄을 사용할 줄은 생각도 못했다.

그는 이를 악물고 명령했다.

"생포는 필요 없어요. 모두 사살하세요."

"생포는 없다! 사살하라! 사살하라!"

두두두두두두!

간헐적으로 들리던 총소리가 본격적으로 울리기 시작했다.

"수감자실이 뚫렸습니다!"

메인 화면으로 수감자실이 비춰진다.

커다란 구멍에서 빠져나온 검은 옷의 사내들은 경찰특공대가 쏘는 총은 염두에 없는지 특정 수감자실로 달려간다.

"막아! 아, 안 돼!"

특공대장은 화면을 보며 소리쳤다. 특공대가 쏜 총을 맞으면서도 수감자실에 결국 뭔가를 넣는 장면이 보였기 때문이다.

꽈앙!

화면은 순식간에 밝은 빛으로 가득 찼고 폭음과 함께 건물이 들썩거린다.

"……."

일본의 가미가제 특공대처럼 자기의 몸을 버리면서까지 오로지 목표가 된 범죄자만을 노리는 놈들의 끈질김에 통제실은 침묵에 빠져든다.

다시 몇 번의 폭음이 들린 후 총소리도 잦아들었고, 곧 언제 그랬냐 싶게 성동교도소는 조용해진다.

"…사, 상황종료. 18명 전원 사살."

"…피해는?"

"경찰과 경찰특공대는 모두 무사합니다. 하지만 수감자들은 아직까지……."

방금 일어난 일인데 금방 알 수 있을 리가 없다. 정확한 조

사를 해야겠지만 자신이 염려했던 자들은 살아 있기 힘들어
보였다.

"나가 보지."

"검사님, 아직까진……."

"괜찮습니다. 직접 확인을 해봐야겠습니다."

문정배 검사는 굳게 닫혀 있던 통제실의 문을 열었다.

군법무관 시절 사격연습 때 맡던 화약 냄새가 코를 찌른다.

"흐으으읍!"

길게 숨을 들이 쉰 그는 특공대장과 함께 사건 현장으로 걸
음을 내딛는다.

4장

한걸음 더

　청송 제2 교도소, 성동교도소 사건은 검찰, 경찰 내부적으로는 외국 청부업체에 의한 테러사건으로 결정내리고 조사를 진행 중이었다.

　그리고 성동교도소에서 일어난 일은 모든 언론에서 쉬쉬하며 상당히 축소되어 국민들의 큰 관심을 받지는 못했다.

　또한 연예계의 스캔들 기사와 마약 사건이 연이어 터지면서 사람들의 기억 한편으로 밀려나고 있었다.

　"집이 너무 조용하니 이상하다."

　"난 편하고 좋은데."

　"오빠가 한 게 뭐 있었다고? 그때나 지금이나 똑같잖아!"

"그런가?"

우니의 말에 딱히 반박할 말이 없었다.

디오네와 제시카는 호텔에 있었고, 3~4일이면 올 줄 알았던 봉구 형은 일주일째 도착하지 않고 있었다.

그 때문일까, 우니의 기분은 상당히 날카로워져 있었다.

별로 반가운 인물은 아니지만 우니의 상태를 보니 차라리 그가 하루라도 빨리 왔으면 하는 생각이 든다.

"오랜만에 둘이 커피나 같이 마실까?"

"곧 나갈 것 아냐?"

"아직 괜찮아. 커피는 내가 가져올게."

기억을 되찾은 후, 우니와 한 번쯤 얘기를 하고 싶었지만 여의치 않았다.

한데 오늘 기회가 왔다.

"우리가 만난 지 1년이 넘었나?"

"이제 그것밖에 안 됐나? 난 몇 년은 된 것 같아."

"네 말대로 그리 평범하지만은 않았지."

커피를 마시며 차분히 얘기를 시작한다.

"이제 와서 얘기하지만 오빠한테는 항상 고마워하고 있어."

"나 역시 너한테 고마워. 근데 우리 생각해보면 처음 만났을 때와 많이 달라졌지?"

"호호! 맞아. 둘 다 죽상이었는데."

"나보다는 네가 더 죽상이었지."

"아니거든. 그때 오빠 얼굴을 봤어야 해. 세상 근심걱정은 다 가진 얼굴이었어. 불쌍해서 안아줘야 하나 고민했다니까."

"헐!"

다크서클이 볼까지 내려왔던 주제에 잘도 지껄인다. 그렇다고 말싸움에서 이길 자신은 없었기에 꼬리를 내렸다.

"고 선생님이 어떻게 돌아가셨는지 안 궁금해?"

쉽게 떨어지지 않던 말을 결국 꺼냈다.

"웬일이야? 지금까지 물어도 대답도 안 해주더니…… 말해줄 거야?"

"응."

"…역시 안 들을래."

잠깐 생각하던 우니는 빙긋 웃으며 듣기를 거부했다.

"그냥 한 가지만 말해줘. 편하게 돌아가셨어?"

나 때문에… 나 때문에 돌아가셨어.

속에 있던 말은 그저 그 안에서만 맴돈다.

말할 계획이었는데, 그래야 내가 좀 더 편할 것 같았는데…….

"응. 편하게…… 돌아가셨어."

"그럼, 됐어. 아빠가 오빠를 보냈잖아요."

결국 말을 하지 못했다. 우니가 아닌 내가 짊어지고 가야 할 몫인가 보다.

"근데, 오빠 그거 알아?"

"뭐?"

"내가 오빠 좋아했었던 거."

"알았지. 어지간히 티를 냈어야 말이지."

"쳇! 그 정돈 아니었거든. 한데 왜 안 받아줬었어?"

당돌한 질문이다. 그러나 묻는 우니의 얼굴은 그저 궁금함만 있을 뿐이었다.

"솔직히 말하면 연인이 아닌 가족을 가지고 싶었어."

"가족?"

"연인은 헤어지면 남이지만 가족은 다르잖아?"

"말은 잘해요. 근데 완전 이해가 된다. 만일 그때 오빠가 받아줬으면 지금은 후회했을 거야."

"왜? 봉구 형이 오빠보다 낫디?"

"거기서 왜 봉구 오빠 얘기가 나와! 그게 아니라 연인인 채로 디오네 언니랑 제시카 언니를 봤다면 아마 배신감에 오빠를 용서하지 못했을 테니까."

마치 다 알고 있다는 듯 얘기하는 우니다.

"오빠의 과거를 모르니 이래라 저래라 말은 못하지만 제발 해윤이에게 걸리진 마. 오빠 동생으로 하는 간절한 부탁이야."

"내, 내가 무슨……."

"내가 간혹 언니들 방청소를 해줬거든!"

"……."

내공으로 신음 소리가 못 빠져나가게 한 짓이 뻘짓이었다
는 걸 알게 된 순간이었다.

GG다. 더 이상 얘기해 봐야 본전도 못 찾을 것 같았다.

때마침 문밖에 익숙한 기운이 느껴진다.

"험! 약속시간 늦겠다. 갔다 올게."

"하여간 할 말 없으면……."

"남친이랑 좋은 시간 보내라고 비켜주는 거거든!"

"내가 남친이 어디 있어?"

"봉구 형 들으면 서운하겠다."

"아, 아니거든! 봉구 오빠는… 그저……!"

"봉구 형, 어서 와요. 자세한 얘기는 둘이 계속하세요. 난
일이 있어서 이만."

봉구 형은 명목상 디오네의 경호원으로 한국에 온 만큼 말
쑥하다 못해 멋진 모습이 되어 돌아왔다.

한데 기쁜 얼굴로 돌아왔던 그의 얼굴은 우니의 말에 살짝
굳어졌고, 말하던 우니는 손으로 입을 막으며 당황해 한다.

시작하는 연인들이 이 위기를 어떻게 극복할 지 궁금했지
만 가벼운 복수를 한 것에 만족하고 빠르게 밖으로 나왔다.

4학년 선배 형의 소개로 우량은행 팀장으로 있는 선배를

만나기로 점심을 약속했다.

고급 양복과 구두를 신고, 서미혜가 선물로 준 시계는 아직까지는 오버였기에 아버지가 찼던 명품 시계를 찼다.

예약을 해뒀던 식당에서 기다리고 있자 선배가 종업원의 안내로 들어왔다.

"안녕하세요, 선배님. 박무찬입니다."

"종수가 말하던 친구군. 반가워, 도익환일세."

도익환은 반갑게 악수를 청하면서도 습관처럼 아래위로 훑는다.

"바쁘신 선배님 시간을 뺏는 건 아닌지 모르겠습니다."

"괜찮아. 바빠도 밥은 먹고 살아야지. 앉게나."

자리에 앉은 우린 공통분모라고 할 수 있는 학교 얘기를 하며 간단히 점심을 먹었다.

그리고 후식을 먹으며 본론을 얘기한다.

"종수 말로는 자산을 어떻게 관리할지 고민 중이라 들었는데……."

"네. 유산으로 받은 돈이 좀 있어 선배님께 조언을 구할까 하고 청했습니다."

"운용할 수 있는 자산이 얼마나 되느냐에 따라 방법은 여러 가지지."

"부동산에 조금, 현금 조금 있는 정돕니다."

"하하, 이 친구. 경영학도가 '조금'이 뭔가?"

"괜히 자랑하는 것 같아서… 부동산이 2,000억 정도이고, 현금은 650억쯤 됩니다."

"…엄청나군."

도익환은 놀랍다는 표정을 지으며 날 다시 보는 듯하다.

아무런 상관없는 이들에겐 그저 숫자에 불과하겠지만 돈으로 사람을 판단하는 사람에겐 돈 많은 사람이 주도권을 쥐게 마련이다.

"부끄럽습니다. 제가 번거라곤 주식투자로 200억 쯤 번거 빼곤 다 유산입니다."

"주식투자로 200억을 벌어?"

"더 번 것 같은데 정확히는 모르겠네요."

"요즘 증권가에서 대학생 중에 꽤 많은 돈을 벌었다는 사람이 있다고 하던데 그게 자네였나?"

"그런 소문이 돌았나요? 한데 선배님도 주식에 관심이 있으세요?"

"물론이지. 재미는 못보고 있지만 말이야."

"이번에 괜찮은 정보가 있는데 조금이라도 투자해 보실래요?"

"무슨 정보인데?"

내 말투가 바뀌었지만 도익환은 신경 쓰지 않았고, 처음 태도와 달리 친근하게 물어온다.

만나기 전 알아본 도익환은 철두철미한 은행원이면서도

주식투자에 있어선 은근히 귀가 얇아 꽤 많은 손해를 봤다는 것이다.

그럼에도 불구하고 주식 얘기엔 정신을 못 차린다.

"정보가 사실이면 좋겠군."

"100%라고 말씀은 못 드리겠네요."

취합한 정보 중 가장 가능성이 높은 두 개를 가르쳐 주었다.

투자를 하든, 안하든 도익환의 선택이겠지만 그는 분명 투자를 할 것이다.

"얘기가 잠깐 빗나갔군. 그런데 후배 정도라면 굳이 자산 관리를 맡길 필요가 있을까 싶은데?"

"관리하시는 분은 계시긴 해요. 하지만 말 그대로 관리일 뿐이죠."

"그래서?"

"현금 중 일부를 전문가에게 맡길 생각이에요. 선배님이 우량은행 개인영업팀장으로 계시는데 이왕이면 아는 분에게 도움을 청하는 게 좋을 것 같아서요."

"험! 그야 그렇지. 얼마쯤 생각하나?"

"일단 100억쯤 자금의 여유가 있어서 그 돈을 맡기고 싶어요."

"……!"

도익환이 부지점장급 팀장이라고 해도 팀장이라는 직급을

가진 이상 투자유치는 필수였다. 기업금융이라면 모를까 개인금융에서 100억이라면 상당히 큰 금액이었다.

"그리고 상황을 봐서 제가 아는 분들도 소개시켜드리죠."

100억을 제외한 나머지 돈은 동진푸드를 주식을 사는데 이용해야 했다.

하지만 위즐러 찬으로 된 통장으로 들어올 돈도 있었고, VVIP 클럽과 플레져 빌딩에서 나오는 수익금을 관리하는 차명통장도 있었다.

뜻밖의 자금유치에 도익환의 입은 함지박만 하게 커진다.

만날 때까지 0에 가까웠던 신뢰도가 100에 가깝게 되었다는 걸 느낄 수 있었기에 본래 온 목적을 꺼냈다.

"사실 돈을 맡기는 일 말고도 선배님께 한 가지 더 부탁하고 싶은 것이 있어요."

"뭔가?"

"선배님의 직속상관인 개인영업지점장님을 뵙고 싶어요."

"지점장님을?"

생각지도 못한 나의 부탁에 의아한 듯 되묻는다.

"네. 그분과 만남을 주선해 주십사 부탁드려요."

"힘들 거야. 요즘 은행장 후보에 올라 한창 바쁘시거든."

지점장의 의중을 가늠하던 도익환은 도저히 가능성이 없는지 고개를 흔들며 불가능하다 말한다.

"알고 있어요. 하지만 선배님이 생각하기에 지금 이대로라면 지점장님이 은행장이 되실 거라고 생각하세요?"

"그렇게 말하지 말게. 그분은 상고를 졸업한 뒤 우량은행에 입행해 지금의 위치까지 오른 분일세."

"지점장님께서 우량은행 임직원들의 신망이 두텁고 성과가 뛰어나신 분이라는 걸 모르는 사람이 어디 있겠어요. 저 같은 학생도 아는 일인데요. 하지만 은행장 후보 중 이근후 현 부행장이 가장 유력하다는 얘기도 알 만한 사람들은 다 아는 얘기예요."

"그야……"

"그리고 출신학교가 중안대, 성균간대가 아닌 점도 안타까운 일이죠."

현 우량은행의 실권을 잡고 있는 곳은 중안대, 성균간대 출신이었다.

"그렇다고 자네와 만난다고 별다른 수가 있을 리 없잖나?"

"믿지 못하시겠지만 지점장님이 은행장이 되도록 도울 수 있어요."

'한 가지만 약속한다면 말이죠.'

뒷말은 삼켰다.

도익환까지 알 필요는 없는 일이었다.

"허황된 말이지만 왠지 믿고 싶어지는군."

씁쓸하게 웃으며 도익환은 말한다.

지점장이 은행장이 되지 못하면 지점장의 앞날은 끝이다.

그뿐만 아니라 그의 수족이랄 수 있는 도익환 역시 끈 떨어진 연 신세가 될 것이다.

"복잡할 땐 골프가 좋죠. 같이 필드나 한 바퀴 돌 수 있게 해주세요. 선배님 얼굴에 먹칠을 하는 일은 절대 없을 거예요."

"…말씀은 드려 보지."

"정진증권 노강윤 사장님도 함께 할 거라 말씀드리면 결정하기 더 쉬우실 겁니다."

"정진그룹 둘째 말인가?"

"네. 선배님도 그 사람과 인연을 맺어두시면 좋을 것 같아서요. 날짜를 말씀해 주시면 골프장은 제가 예약을 해둘게요."

"하하하! 알겠네."

마지막 말은 확답이었다.

도익환은 내가 내려던 점심값을 웃으며 지불하고 회사로 돌아갔고, 난 노강윤 사장을 만나기 위해 움직였다.

* * *

"이 양반들은 왜 이렇게 안 와?"

편안한 골프웨어를 입은 노강윤 사장은 라운딩이 시작되기까지 시간이 남았음에도 가볍게 두덜댄다.

"형님과 제가 일찍 도착한 거죠. 커피 한 잔 더 드릴까요?"

"됐어. 오랜만에 을의 입장에 서니 참 기분이 묘한데?"

"하하! 제가 한동안 충분히 경험시켜드리죠."

"정말 동진이 내것이 된다면 100번이라도 을(乙)이 될 수 있어."

골프 접대를 부탁하러 갔다가 꽤 오랜 시간 얘기를 했고, 내 계획도 몇 가지를 제외하곤 모두 알려주었다. 하지만 그는 여전히 못미더워하고 있었다.

아니, 사실 믿는 게 오히려 이상한 일인지 몰랐다.

우량은행이 가진 동진푸드의 주식 15%의 권리를 가지고, 동진푸드 주주들을 우리 편으로 만든다 해도 42% 이상의 주식을 가지기엔 거의 불가능했다.

달리 말해 동진푸드 사주일가가 가진 주식이 자회사에 있는 주식까지 합친다면 50%가 넘는다는 소리였다.

하니 내가 아무리 '된다' 라고 해봐야 믿지 않는 것이다.

"동진푸드 주식이 조금씩 오르고 있어. 소문이 나지 않게 최대한 조심스럽게 사고는 있는데 지금처럼 계속 매수를 한다면 동진에서 의심할 거야."

"그럼, 안정화될 때까지 멈추세요. 어차피 12월 정기총회 전까지 4.9%가량만 사들이시면 돼요."

5%이상 취득하면 공시를 올려야 함으로 그 이전까지만 매수를 해야 했다.

"음… 지금 2%로 가까이 되니 그래야겠어. 한데 자네 얼마나 보유했지?"

"3.4%요. 시장에서 구한 건 1.4%구요."

"그래? 자네가 아니었군. 그럼 역시 외국자본이 매수를 하는 건가?"

"무슨 말이에요?"

"동진푸드 주식이 대량으로 나오는 건 난 건드리지 않는데 누군가 매수를 하기에 난 그게 자네라고 생각했거든. 한데 자네도 아니라면 또 다른 누군가가 매수를 하고 있다는 거지."

노강윤 사장의 말에 제일 먼저 떠오르는 이가 디오네였다.

복수는 가급적 내 힘으로 한다고 말했는데…….

그녀가 나에게 뭐라도 해주려는 마음이 이해가 되었기 때문에 전화를 할까 하다가 다시 호주머니에 넣었다.

"저기 갑(甲)이 오는군."

"형님, 부탁드려요."

우량은행 개인금융지점장을 처음 상대할 사람은 노강윤 사장이었다. 난 그가 소개를 하고 분위기가 적당히 무르익었을 때 나설 생각이었다.

"유성구 지점장님, 오랜만에 뵙습니다."

"허허허! 그때는 청년이었는데 이젠 어엿한 사장 분위기가 나시는구려."

"그때 신세가 많았습니다."

"별말씀을요."

"지점장님의 오른팔이라는 도익환 팀장님이시죠? 반갑습니다, 노강윤입니다."

"제 이름까지 기억해 주시다 영광입니다."

"이 친구는……?"

"아, 제가 동생같이 아끼는 친굽니다."

"박무찬입니다."

"허허, 훤하게 생긴 것이 인물이군요."

수다스럽기까지 한 소개가 끝나고 화기애애한 분위기에서 라운딩에 들어갔다.

따악!

"나이스 샷!"

오랜 시간 골프를 쳤는지 유성구 지점장의 골프 실력은 상당했다.

그래서 접대 골프라곤 하지만 굳이 타수를 조절할 필요는 없었다. 그저 힘만 조금씩 조절하며 배운 대로 치면서 홀을 돌았다.

"젊은 친구가 상당하구만."

"친구들 사이에선 어깨에 힘 좀 줬는데 지점장님과 치려니 부끄럽습니다."

"허허! 겸손이 지나치면 교만이라 했네."

앞선 팀이 진행속도가 조금 늦어 때론 걷기도 하고 때론 카트를 타기도 하면서 9홀까지 이르렀다.

2시간을 넘게 같이 얘기를 하자 차츰 허물이 없어졌다.

틈틈이 박수를 치며 건 암시와 최면이 효과를 발휘한 것이
다.

"앞에 사람들이 아직 치고 있으니 천천히 걸어갑시다."

그리고 마침 지점장의 입에서 천천히 걷자는 얘기가 나왔
고, 난 노강윤에게 고개를 끄덕였다.

"선배님, 저희는 조금 떨어져서 걷죠."

"알았다."

도익환과 난 뒤로 멀찍이 떨어져서 두 사람이 얘기할 분위
기를 만들어줬다.

"이번에 은행장 후보에 오르셨다고 들었습니다."

"허허. 들러리가 필요해서겠지요."

"들러리라니 당치도 않습니다."

"말이라도 그렇게 해주니 기쁩니다. 허허."

유성구 지점장은 이미 포기를 하고 있는 듯했다. 하긴 우량
은권에서 평생 몸바쳐 온 그가 현실을 모르는 게 더 이상한
일이다.

"하지만 말입니다. 많은 직원들이 날 은행장으로 추대해야
한다는 분위기이기지만 소수의 사람이 반대하니 될 턱이 없
지요."

"무슨 말인지 잘 알겠습니다. 하지만 전 가능하다고 생각

합니다."

"허허허. 그렇습니까?"

"네. 제가 지점장님을 도울 수 있습니다."

"노 사장님이 날 돕겠다고요?"

유성구 지점장의 걸음은 늦어졌고, 두 사람은 말없이 천천히 걷는다.

"원하는 것이 뭔지 모르겠군요."

"은행에 손해를 끼치는 일은 절대 아닙니다. 그리고 은행장이 되셨을 때 한 가지 부탁만 들어주시면 됩니다."

"실패하면?"

"벼룩도 낯짝이 있지 않겠습니까?"

"내가 손해 볼 것은 없다? 그 말인가요?"

"물론입니다."

"홀이 비었군요. 자세한 얘기는 라운딩이 끝난 후 하기로 하시죠."

"하하하! 그러시죠. 조용한 곳을 예약해뒀습니다."

노강윤 사장은 날 보며 잘 되었다는 뜻으로 고개를 살짝 끄덕인다.

유성구 지점장은 노강윤의 제안을 받고 생각이 많아진 건지 이후의 홀에선 잦은 실수를 연발했다.

하지만 우리는 웃으며 라운딩을 마치고 식당으로 자리를 옮긴다.

"허허허! 노 사장님은 골프 선수라고 해도 믿겠습니다."

"이거 외국에 나가서 골프만 쳤다고 꾸짖는 것 같습니다. 하하하!"

접대 골프란 무엇인가를 보여주는 노강윤 사장과 유성구 지점장이다. 차에서 내려 식당으로 들어가면서도 서로를 칭찬하기에 여념 없다.

"자네는 안 들어가나?"

입구에 멈춰서는 날보고 도익환이 묻는다.

"전 잠깐 전화 한 통화만 하고 들어갈게요. 선배님 먼저 들어가세요."

전화를 한다는 건 핑계였다.

골프장을 나서면서부터 누군가 우릴 쫓아 왔는데 지금은 주차장 제일 구석진 자리에 주차한 채 열심히 셔터를 누르고 있었다.

내가 다가가자 보조석에 열려 있던 창문이 급하게 닫힌다.

톡톡톡톡!

짙게 선팅된 창문을 두들겼지만 아무 반응이 없다.

하지만 안에 있는 두 사람이 숨소리까지 죽이며 한껏 움츠려 있는 모습이 고스란히 보인다.

"나와 봐요. 겁먹은 강아지들도 아니고 안에서 뭐해요?"

"뭐? 이 씨댕이가 방금 뭐라고 했어?"

도발은 통했다.

보조석의 사내가 문을 열고 나온다.

덩치로 보나 건들거리는 모습으로 보나 어느 지역 어깨처럼 보인다.

"커어……."

나오는 상대의 목을 잡고 그대로 다시 차 안으로 밀어 넣었다.

"너, 너 뭐야! 큭! 쿨룩쿨룩!"

운전석에 앉아 있던 놈이 놀라며 문을 열고 달아나려는 순간 옆구리에 강하게 한 방 먹였다.

그리고 두 사내를 한쪽으로 구겨 넣듯이 밀어 넣고 보조석에 앉았다.

"남의 사진을 함부로 찍으면 안 되죠."

"이… 이 새끼! 너 당장 이거 풀지 못해?"

"시끄러워요."

두 사람의 아혈을 찍어 조용히 만들었다. 그리고 앞에 놓여 있는 카메라를 확인했다.

노강윤 사장의 얼굴과 내 사진이 주로 찍혀 있었고 네 사람이 웃으며 골프장을 나오는 모습도 있었다.

"……!"

안에 있던 메모리카드를 꺼내는 걸을 본 두 사내는 눈을 부릅뜨며 움직이려 했지만 차만 들썩거릴 뿐 제대로 일어서지 못한다.

파직!

작은 플라스틱은 산산이 부서져 버렸고 난 손을 비벼 아예 가루로 만들었다. 그리고 공포의 눈으로 나를 바라보는 두 사람에게 최면을 걸었다.

"누가 보낸 거지?"

"…이근후 부행장님이 보냈습니다."

"언제부터 감시를 한 거야?"

"은행장 후보자가 발표된 이후부터 감시했습니다."

당선 가능성이 가장 높은 사람이 다른 후보자에게 감시를 붙일 정도라면 꽤 치밀하고 조심성이 많은 인물인 모양이다.

"오늘 유성구 지점장은 도익환 팀장과 골프를 쳤을 뿐이야. 알았어?"

"네."

"그리고 카메라에 메모리 카드가 없어 촬영도 못했군. 이런 상황에서 있어봐야 무슨 소용이 있겠어? 오늘은 이만 들어가 봐."

"알겠습니다."

보조석에서 내려 차 뒤로 가서 트렁크 부분을 몇 번 쳤다. 그러자 차에 시동이 걸리며 빠르게 음식점을 벗어난다.

"통화가 길어져서… 죄송합니다."

"음식도 이제 나왔는걸. 앉지."

노강윤과 유성구는 옆방에서 따로 식사를 하고 있었고, 도익환은 나를 기다리며 스마트폰을 만지고 있었다.

"두 분 애기가 잘 진행되고 있는 모양이야. 웃음이 끊이질 않는군."

"그럴 거라 생각했어요. 지점장님 입장에서야 밑져야 본전이라는 심정이셨을 테니까요."

"만에 하나……."

"걱정 마세요. 우량은행에서 승승장구하시게 될 테니까요."

다시 한 번 나에게 확답을 들은 도익환은 그제야 웃음을 지으며 수저를 든다.

옆방의 대화는 들렸지만 아직까진 신경 쓸 것은 없었기에 늦은 점심을 먹기 시작했다. 상의 빈틈이 안 보일 정도로 많이 차려진 한정식이었지만 젓가락이 가는 곳은 몇 군데 되지 않는다.

"동생, 이쪽으로 건너와."

드디어 내가 나설 차례다. 노강윤이 부르는 소리에 입을 헹구고 옆방으로 갔다.

"이 친구가 지점장님을 은행장으로 만들겠다는 계획을 짠 사람입니다."

"이 친구가 말인가?"

그저 안목을 넓히러 노강윤 사장을 따라 온 부유한 집 자제라고 생각했나 보다. 지점장은 놀란 표정을 숨기지 못한다.

"크험! 겉모습만 보고 판단해서는 안 된다는 걸 알면서도 실례를 했군."

"괜찮습니다."

"노 사장에게 많은 얘기를 들었네. 내가 은행장이 되는 건 이미 포기했는데 이 사람은 가능하다고 하더군. 정말 가능한가?"

"가능합니다."

"그럼, 어떻게 할 생각인지 물어도 되겠나?"

"임명권을 가진 사람에게 직접 접촉해볼 생각입니다."

"음, 혹시 임명권을 가진 사람이 누구인지는 아는가?"

"글쎄요, 추측은 하고 있지만 정확하게 누구인지는 모르겠습니다. 혹시 기획재정부 장관입니까?"

사실 이 부분에 대해선 잘 모르고 있었다. 그저 정부의 고위관료가 우량은행의 은행장 임명권을 가지고 있다는 것 밖에는.

"더 위일 수도 있지."

고개를 끄덕이면서 더 위쪽의 의중일 수도 있다고 말한다.

은행장이 될 가능성이 높은 이근후 부행장을 마다한 것은 이근후 부행장과 동진푸드가 먼 친척관계라는 것 때문이었다.

하지만 예상하던 장관이라면 모를까 청와대가 개입되어 있다면 포기하는 게 좋았다.

차라리 이근후 부행장에게 빠져나올 수 없는 덫을 씌우는 게 쉬울 것이다.

　"그래도 내가 은행장이 될 수 있다고 생각하나?"

　"솔직히 확신하고 있었는데 지점장님 말씀을 듣고 나니 해봐야 알 것 같습니다."

　"지나치게 솔직하군."

　"청와대라면 제가 감당할 수 있는 수준이 아니니까요. 노강윤 사장님뿐만 아니라 정진그룹 전체가 다칠 수 있는 일인데 지점장님을 위해 그 정도 희생까지 할 생각은 없습니다."

　지점장의 가치에 대해 솔직히 말했다.

　하지만 기분 나빠할 거라는 내 생각과 달리 지점장은 담담해 보였다.

　"부총리 정도는 가능하다는 소리처럼 들리는데… 맞나?"

　경제부총리 겸 기획재정부 장관 정도면 해볼 만했다.

　"그 정도까지는 예상하고 있었으니까요."

　"허허! 대담한 건지 무모한 건지 모르겠군."

　"제가 생각해도 무모한 편이죠."

　"하하하! 솔직한 게 마음에 드네. 노 사장에게 받은 제안, 받아들이지."

　어차피 손해볼 것이 없다고 생각해서 일까, 호탕하게 웃던 유성구 지점장은 흔쾌히 우리의 제안을 받아들였다.

　"최선을 다하겠습니다."

"어딘가에서 봤는데 최선을 다하는 건 누구나 하는 일이라더군. 최선 대신 성과를 보여주게. 허허허!"

"훗! 그러죠."

빙긋이 웃으며 악수를 청하는 유성구 지점장, 나도 그의 손을 잡으며 웃었다.

구두계약에 불과하지만 계약은 이루어졌다.

복수에 한걸음 더 다가간다.

5장

가족의 의미

9월 말에서 10월 초까지는 대학 가을축제 기간이다.

대한대학교는 10월 1, 2, 3일로 축제일이 정해졌다. 한데 대한대학교의 축제는 재미없기로 유명했다.

그런 선입견을 경영대학만이라도 타파해 보자는 의견을 어떤 놈이 냈는지 모르지만 축제위원회가 발족되었다.

그리고 1학년 과대표인 난 자연스럽게, 내 짝꿍인 해윤인 덩달아 위원이 되었다.

"너 요즘 이상해?"

회의 중 해윤은 눈을 게슴츠레 뜨며 옆구리를 쿡 하고 찌른다. 찔리는 구석이 있었지만 애써 무심한 척 낮게 속삭였다.

"뭐가?"

"주말이면 골프 치러 다니고, 평일엔 약속 있다고 수업 끝나자마자 가버리고. 내가 솔직히 말해주면 한 번은 용서해 줄 테니 불어!"

"후우우우우~! 용서해 줄 거지?"

"이, 이… 죽어, 죽어!"

"야! 박무찬, 노해윤! 사랑싸움은 밖에 가서 해!"

회장인 송종혁 선배가 버럭 소리를 지른다. 그러자 비로소 해윤은 회의 중이었다는 걸 깨달았는지 주먹질을 멈춘다.

"회의에 집중들 해줘. 이제 며칠 남지 않아서 오늘 결정해야 할 일이 많단 말이야."

"넵!"

우리를 콕 집어 말했기에 큰소리로 대답했다.

점심 먹고부터 시작한 회의가 저녁이 다 되어감에도 도대체 끝날 줄을 모른다.

막 다시 회의를 시작하려는데 집행부 중 한 선배가 손을 들며 말한다.

"회장, 잠깐 쉬어다 하자. 니코틴이 없으니 머리가 안 돌아간다."

"휴~ 분위기도 깨졌으니 그렇게 하자. 10분간 휴식!"

뭘 굳이 이런 순간에 휴식을……

해윤은 밖으로 나오자마자 꼭 쥔 두 손으로 다시 두들기기 시작했지만 원체 팔 힘이 없는 애라 그저 솜방망이처럼 느껴졌다.

하지만 허리우드급 액션을 취하며 잘못을 빌었다.

"미안, 미안! 회의가 너무 지루해서 순간 장난친 거야."

"난 심각하단 말이야."

"그런데 진짜 불 일이 없단 말이야. 지난 주말엔 너희 오빠랑 쳤고, 그전 주에는 골프강사가 머리 올려준다고 해서 간 거야."

"그럼 평일엔 어딜 가는 거야?"

"졸업한 선배님들 뵈러 간 거야. 내가 2학기 때 준비하는 게 있다고 말해줬잖아."

벌써 몇 번이고 말했던 일이었다. 하지만 똑같은 얘기를 했음에도 해윤이의 화난 표정은 아이스크림처럼 녹아내린다.

"진짜지……?"

다시 한 번 묻는 해윤의 말에는 힘이 없었다.

"미안해. 가급적 앞으론 같이 다니자."

난 진심으로 그녀에게 사과를 했다. 그리고 가볍게 안아주었다.

"학생회실 앞에서 이러지 말고 제발 모델로 가라."

커피 잔을 들고 들어오던 송종혁이 다시 비아냥거린다. 그래서 해윤과 걸음을 옮기며 말했다.

"그럼, 다녀오겠습니다."

"이, 이것들이……!"

하지만 그가 고함을 치기 전 빙글 돌아 학생회실로 들어갔다.

물론 혀를 날름 빼무는 건 잊지 않았다.

"이번에 결정할 건 행사에 부를 가수를 누구로 할 것인지야. 우리 학교가 축제가 늦은 편이라 선택의 폭은 넓어. 하지만 우리 학생회비와 총학생회에서 지원해 주는 금액을 다 합쳐 축제에 쓸 수 있는 돈은 3,500만 원쯤이야. 의견을 말해봐."

"'마스카라' 한 팀만 부르면 끝이야? 뭔 출연료가 이렇게세?"

"이름이 있다 싶으면 1,500에서 2,000만원이 기본이네? 두팀 부르면 끝이야."

"우아! 얘네들이 1,500만원이라고?"

"헐, 말도 안 되는 가격이다."

가수들의 출연료를 보던 사람들은 하나같이 가격을 보고는 놀라 한마디씩 한다.

그 가격에는 중계업체에서 가지는 수수료, 학생회에 주어야 할 리베이트까지 포함된 것일 것이다. 하지만 아무리 그래도 학생 입장에선 비싼 가격이다.

"가격은 일단 신경 쓰지 마. 누굴 섭외할 건지 정해야 해."

"뭐, 정 그렇다면 요즘 인기 좋은 '팔레트 팝'이 괜찮지."

"그보다는 분위기를 띠울 수 있는 'DJ. DOG'가 좋지 않나?"

"분위기라면 오히려 '리쌤'이 더 낫지."

"무슨 소리예요. 록(Rock)이야말로 분위기를 띄우는 데 최고죠."

학생회장인 송종혁이 한마디 하면 의견은 수십 가지가 나왔다.

난 굳이 가수를 초대할 필요가 있냐는 생각이었기에 아무 말도 하지 않았다.

등록금 비싸다고 난리 칠 때는 언제고 축제 때는 분위기를 살리기 위해 연예인들을 섭외해야 한다는 생각 자체가 이해가 되질 않았다.

물론, 아낀다고 대학등록금을 깎아 줄 대학은 아니지만 말이다.

"난 반대야. 총학생회에서도 3명을 섭외한 걸로 알고 있는데 굳이 우리 경영대학까지 그럴 필요는 없을 것 같아."

평소 과묵하기로 유명한 김준후 선배가 말을 하자, 이리저리 떠들던 모든 이들의 시선이 그를 향한다.

김준후는 삼수생에 등록금 마련을 위해 하사관 생활까지 해서 학과에서 나이 많기로는 둘째가라면 서러운 인물이었다.

"준후 형이 한 생각을 저도 안 해본 건 아니에요. 혹시 좋은 의견 있으면 말해 주세요."

"글쎄… 난 차라리 그 돈을 사용해야 한다면 학생들에게
사용했으면 좋겠어."

"어떻게요?"

"가령, 노래자랑을 해서 상품을 내거는 것도 좋지. 다음 학
기 장학금을 준다면 꽤 성공할 수 있을 것 같은데, 안 그래?
그리고 가수는 이름은 있지만 가격이 적당한 사람을 직접 섭
외해서 중간에 한두 명 끼어 넣으면 될 것 같고."

"하긴 장학금으로 준다면 10명은 줄 수 있겠네요."

"좋은 생각이에요. 만일 학과를 불문하고 준다는 소문을
내면 학교전체가 떠들썩할 거예요."

해윤이도 좋은 의견이라며 찬성을 표한다.

"근데, 타과 학생들에게 장학금을 줄 필요가 있나?"

"우리과만 주면 과 행사밖에 되지 않잖아요. 가능하다면
일반인들도 참가할 수 있게 하면 더 좋겠어요."

"일반인까지? 그럼 너무 커지지 않아?"

이야기는 급격하게 김준후 선배의 의견을 받아들이는 쪽
으로 바뀌었다. 그리고 그것에 대한 여러 가지 방안들이 하나
둘씩 쌓인다.

송종혁은 취합한 정보를 정리해 발표했다.

"자, 지금까지 나온 의견들을 종합해 볼게. 가칭 '대한대학
교 노래자랑', 약칭 대노자의 참가자는 전체 학우를 대상으

로 할 뿐만 아니라 일반인의 참여도 받는다. 축제 첫날 예선을 거치고, 둘째 날 본선, 셋째 날 결선으로 하고 Top10을 뽑아 상품을 지급한다. Top3까지는 장학금, 나머지는 상품으로 대신한다. 또한 일반인이 Top3에 들었을 때도 상품으로 대신한다. 본선 참가자들에겐 일정한 기념품을 증정한다. 결선 때, 중간 정도에 2명의 가수를 내보낸다. 그리고……."

가수 몇 명이 와서 노래 두세 곡 부르고 가는 것보다 훨씬 좋은 계획이었다.

난 그에 덧붙일 몇 가지 생각이 있었지만 조용히 듣기만 했다. 괜히 나섰다가 엉뚱한 일을 맡게 되면 피곤할 뿐이다.

"대충 정리됐으니까 일을 나누자. 박무찬!"

"네에?"

"넌 아무 의견도 못 내고 듣고만 있었으니까 제일 큰일을 주겠어. 불만 없지?"

당연히 불만이다. 난 재빨리 말을 이었다.

"의견 내려고 했는데 말할 타이밍을 놓쳤을 뿐입니다."

"말해봐."

거의 끝나가던 회의를 다시 연장시키니 선배들의 표정이 곱지 않다.

그러나 일단 내가 사는 게 먼저였다.

"이왕 벌이는 일, 11월에 있을 총학생회장 선거를 대비해서 더 크게 벌이자고요."

"자세히 얘기해봐."

송종혁을 내 말에 귀를 쫑긋 세우더니 의자에 기댄 자세를 바로 한다.

"어차피 타과 학생들을 받아들이는 거 회장 형이 함께할 과를 묶어 연합을 하는 거죠. 1차 예선은 각 과에서 선발하고, 2차 예선을 축제 첫날로 해서 수준을 좀 더 높이는 효과도 있고요."

"충분히 가능한 얘기야."

"연합의 장점은 그뿐이 아니죠. 각 과에도 축제를 위한 돈이 있으니까 장학금을 더 많은 사람들에게 줄 수 있겠죠. 그리고 심사위원을 우리 과 교수님들만이 아니라 타 과 교수님까지 같이 앉힘으로서 대회의 투명성도 확보할 수 있으니 더욱 좋지 않겠어요?"

"하지만 연합을 하면 오히려 종혁이가 입지가 좁아지지 않나?"

"맞아. 그게 문제긴 하다."

집행부 선배가 이견을 냈고, 타당한 이견이었기에 많은 이들이 고개를 끄덕인다.

하지만 난 고개를 저으며 말을 이었다.

"아니죠. 일단 내일 당장 경영대학 이름으로 전단지를 뿌리는 겁니다. 그런 후에 각 과 회장을 만나러 가야죠. 그리고 우리가 이런 행사를 하는데 한발 걸치는 게 어떠냐 하는 거죠."

"물론, 나와 손잡은 과와 먼저 해야 하겠지?"

송종혁은 내가 하는 말을 이해를 했고, 벌써 계획까지 떠올리고 있는 모양이다.

총학생회장에 나가려면 타과와의 연합은 필수였다.

가령, 회장이 경영대학이 된다면 부회장은 의과대학, 총무는 디자인학과 등 학생회의 주요자리는 밀어주는 과에게 보장을 해야만 했다.

이번 일도 마찬가지.

좋은 아이템이 생겼으니 각 과에게 나눠준다는 느낌으로 하면 되는 것이다.

"그렇죠! 돈은 우리가 많이 써도 돼요. 대신 축제 때 음식점 배당을 우리가 많이 받으면 되니까요."

"좋은 생각이다! 그리고 타과에 돈을 요구할 때, 학생회장이 장학금을 주길 바라는 애가 있다면 그 애를 밀어주면 더 좋겠지."

"그건 힘들지 않나? 교수님들이 심사를 하시잖아."

"간단하게 해결할 수 있어. 각과의 집행부들을 보조심사위원으로 만들어 교수님들의 점수를 60%, 우리가 40%의 점수를 컨트롤하면 충분히 가능하지."

"실력이 형편없으면?"

"노래자랑이라고 꼭 노래만 나오라는 법 있나? 장기자랑으로 한 파트 만들면 되지."

"자랑할 장기가 없으면?"

"그런 놈은 나오지 말라고 그래!"

축제위원회가 갑자기 총학생회장 선거회의로 급선회한 느낌이었지만 나에게 일을 떠맡기려던 말이 사라졌기에 나름 만족스럽다.

한데 학생들이 건전하지 못하다고?

초등학교 학생회장 선거도 불법이 판을 치는데 대학이라고 멀쩡할 리가 없다.

그저 사회에 일찍 물든 이들의 집합소라고 생각하면 편할 것이다.

"타과에서 협조를 안 하면 어쩔 수 없지만 순조롭게 진행되면 무찬이의 의견대로 가는 걸로 하자. 성수야, 노래자랑 포스터 한 1,000장만 내일 오전까지 뽑아둬라. 밑에 경영대학 크게 박고."

"알았어요, 형."

"자, 그럼 내일 오후 5시쯤에 타과의 분위기를 봐서 다시 한 번 회의를 하자."

"우왕! 드디어 회의 끝! 막걸리 한잔하러 가자."

회의 내내 지루함을 참고 있던 사람들은 기지개를 펴며 자리에서 일어난다.

"우린 약속이 있어서 먼저 가볼게요."

"고생했다. 낼 보자."

어제 디오네의 집 공사가 끝나 오늘 집들이를 하기로 했다. 약간 늦었기에 해윤과 서둘러 자리에서 일어났다.

"참! 너희 둘 내일 10시 정도까지 나와라."

"저 내일 오전 수업 없는데요."

"더 잘됐네. 와서 포스터 좀 붙여라."

…망할 놈!

송종혁은 분명 나한테 불만이 있다.

지난번 홈스테이 때도 그러더니 나만 보면 귀찮게 만들려고 한다.

가만……!

그러고 보니 예전에 누굴 좋아한다고 했던 것 같은데.

이상형이 가슴이 빵빵하고, 귀엽게 생긴…….

맞다! 노해윤.

"뭘 봐?"

"예뻐서. 가자!"

송종혁을 용서하기로 했다.

남자로서 그의 마음을 이해했다. 그리고 미인을 차지한 자의 너그러움을 보여줄 필요가 있었다.

난 팔을 살짝 벌렸다.

"뭐, 팔짱 끼라고?"

"응!"

별일이라는 듯 보면서도 해윤은 푹신한 무엇이 느껴지게 꼭 달라붙는다.

누군가의 따가운 시선이 느껴진다.

*   *   *

"우와!"

집들이 선물로 향초를 샀다. 그리고 들어선 집은 감탄이 날 정도로 화려했다.

황금빛에 먹물을 풀어놓은 듯이 몽환적인 벽에 하얀색 선들이 깔끔하고 고급스럽게 그려져 있고, 황금색 테두리를 한 고풍스러운 하얀색 소파와 의자들이 거실에 놓여 있었다.

"어서 와, 해윤아."

"언니, 이건 집들이 선물."

"고마워."

디오네와 제시카는 편안한 복장으로 우리를 맞이한다.

"우니는?"

"봉구랑 지금 집 구경하고 있어. 저기 온다."

"오빠 왔어? 집 완전 좋아."

봉구 형과 우니는 마치 신혼집을 구경하고 온 사람들처럼 집에 대해 침이 마르게 칭찬을 아끼지 않는다.

"진짜? 나도 집 구경할래요."

해윤의 말에 여자 넷은 우르르 몰려 집을 구경하러 간다.

도대체 소파 있고, TV있고, 잘 곳 있으면 되지 인테리어가 뭐가 그리 중요하다고 난리인지 모르겠다.

"우니랑 사귈 생각이면 얌전히 지내라고 했었죠?"

교도소 사건 이후에 잠잠하던 흉악범 살인사건이 또다시 발생했다.

이번엔 두 자매를 무참히 살해한 범인이 현장검증을 하는 동안 피살되었는데 저격 총에 머리가 뚫렸다.

"그건 내가 한 게 아냐!"

봉구 형은 고개와 손을 흔들며 절대 자신이 한 일이 아님을 표현한다.

"진짜요?"

"진짜지 그럼. 난 다시 외국에 나갔다 올 생각 없거든."

우니랑 같이 있더니 말투까지 닮았다. 그리고 그의 표정엔 거짓이 없었다.

"이상하네요. 난 그게 형이라 생각했는데."

"혹시 하게 된다고 해도 흔적 없이 처리하지, 그렇게 공개적으로 하진 않을 거다."

"의심해서 미안해요. 어쨌든 한동안 조심하세요."

"걱정 마셔."

봉구 형이 아니라면 가능성이 있는 건 누군가가 실제로 킬러를 고용했다는 것이다.

교도소 사건이 발생했을 때 TV와 인터넷에는 마치 사건을 그대로 따라하라는 것처럼 베트남과 중국, 동남아시아 킬러를 고용하는 방법을 자세히 알려주었다.

그것은 지워지지 않는 각인이 되었다. 지금도 '킬러' 라는 단어로 검색을 하면 각종 블로그와 게시판에 아주 상세히 그 방법들이 남아 있었다.

억울한 이에겐 원한을 갚는 좋은 도구가 되겠지만 곧 더 억울한 일을 당할지도 모른다.

가진 자들이 고용하기가 훨씬 쉽기 때문이다.

"천외천에서는 연락이 왔어요?"

"그때 이후론 별다른 말이 없어. 다만 감시만 하고 있으라 했어."

"그래요?"

천외천의 반응은 의외였다.

베트남 킬러들이 실패했을 때 리봉구는 나의 함정에 빠져 경찰과 싸우게 되었다는 핑계를 대고 일본으로 일단 도주를 한다는 연락을 조단성에게 했었다.

난 당장에라도 새로운 사람을 보낼 것이라 생각했는데 의외로 아무도 오지 않았다.

한데 리봉구에게 다시 연락이 와 감시만 하라는 명령을 내린 것이다.

'미국 사건 때문인가?'

저들이 보기엔 얌전히 있는 나보다 미국에서 발생한 일에 더 촉각을 곤두세우고 있는지 몰랐다.

"일단 지켜보도록 하죠."

중국으로 가지 않는 한 고민한다고 해결될 일이 아니었기에 두고 보기로 했다.

집 구경을 마친 여자들과 음식이 준비된 곳으로 자리를 옮겼다.

"…하우스메이드 분들도 데려온 거예요?"

"응. 프랭크 집사가 온다는 걸 막았더니 보냈어. 돌려보내면 당장에라도 달려 올 것 같아서 그냥 같이 지내기로 했어."

어쩐지 인기척이 많다 싶었다.

지금 음식을 배치하는 두 사람을 제외하고도 세 명이 더 있었다.

뉴욕에 도착했을 때, 프랭크가 기다리고 있었다. 1년을 넘게 디오네와 있어서인지 그는 완전히 정신적 지배를 받는 노예와 비슷해 보였다.

그리고 디오네를 구해달라고 말하는 그의 눈빛은 광적인 신도의 그것과 똑같았다.

"잔들 들어 건배하자. 제시카, 한마디 해."

디오네는 샴페인을 따르며 한 잔씩 건네며 말했고, 제시카는 우리를 한번씩 보더니 잔을 들며 외쳤다.

"언니와 나의 즐거운 한국 생활을 위하여!"

"위하여!"

식탁에 마련된 음식 중에는 말로만 듣고 처음 보는 음식이 많았다.

원하는 음식을 조금씩 접시에 담아 저녁을 먹으며 담소를 나눈다.

대부분이 집과 인테리어에 관한 얘기였기에 봉구 형과 난 그저 귀만 열어놓고 포크만을 부지런히 놀린다.

남자끼리 얘기를 하다 보면 자연스레 여자 얘기로 넘어간 다. 여자들도 마찬가지인지 남자 얘기로 바뀐다.

해윤이 먼저 시작했다.

"디오네 언니는 남자 친구 안 사귀어요?"

"그동안 많이 바빴어. 지금은 한가하지만 말이야."

"한국 남자들 괜찮아요."

"호호! 알아. 봉구랑 무찬이를 보면 알 수 있잖아."

"그럼 제가 소개시켜 줄까요? 꽤 괜찮은 남자가 있거든 요."

"글쎄……?"

디오네는 말끝을 흐리며 날 흘낏 보며 빙긋이 웃는다. 하지 만 왠지 쓸쓸함이 느껴지는 웃음이다.

현재 디오네는 누구와도 관계를 맺을 수 없는 상태였다. 만 일 관계를 맺게 된다면 상대는 정혈을 남김없이 빼앗기고 죽 게 된다.

가능하려면 남자의 내공이 최소한 여자의 2분의 1은 되어야 했다.

나와의 차이는 두 배가 되지 않았었다. 한데 섬을 탈출하기 두 달 전, 섬에 있던 고수 한 명의 기를 빼앗음으로 인해 균형이 깨졌다.

사실 그 당시의 차이라면 지금은 문제가 될 것이 없었을 것이다.

내 내공도 꽤 늘어났기 때문이다.

하지만 무슨 일이 있었는지 지금은 그녀와 나의 내공 차이는 3배가 넘게 차이가 났다.

지금이라면 나라고 해도 얼마 버티지 못하고 내공을 빼앗기고 죽게 될 것이다.

"정말 괜찮아요. 유머러스하면서도 신사답고 성격도 좋아요."

"후후! 천천히 생각해 볼게. 어쨌든 언니 생각해 줘서 고마워."

"사진 한 번 보세요."

뚜쟁이 해윤은 끈질겼다.

완곡히 거절하는 디오네에게 스마트 폰에 있는 사진까지 보여준다.

"잘 생겼네."

"그런데 나이가 좀 많아 보이는데?"

"나이는 둘째 치고 너무 비리비리하게 생겼어. 남자라면 남자다움이 있어야지!"

"사람마다 취향이라는 게 있거든요!"

"누님에겐 강한 남자가 어울려."

남자다움을 강조하는 리봉구까지 가세해 남자 품평회가 시작되었다.

"잠깐만."

하지만 난 갑자기 걸려온 전화에 식탁에서 일어났다.

큰 매형이었다.

—너 지금 어디 있냐?

"···집들이 왔어요."

—집들이? 어딘데? 할 얘기가 있어. 중요한 일 아니면 지금 집으로 와야겠다.

혼자만 온 게 아니었다. 우리 집 대문 앞에는 네 명의 기운이 느껴졌다.

"무슨 일인데요?"

—대양건설 일로 할 얘기가 있다.

회사 일로 나에게 왔다고?

"잠깐만 기다리세요."

사람들에게 사정을 얘기하고 밖으로 나오자 대문 앞에서 서성이고 있는 두 누나와 두 매형이 보인다.

"옆집에 있었어?"

"예. 새로운 분들이 이사 와서 초대를 받았거든요."

'옆에 있었으면 빨리 나오지' 라며 투덜거리는 소리가 들렸지만 신경을 끄고 대문을 열고 거실까지 들어갔다.

"집 분위기가 바뀐 것 같다?"

"무슨 일이세요?"

길게 얘기를 할 생각은 없었기에 단도직입적으로 물었다.

"험! 지금 대양건설이 위기다."

"그래서요?"

"대양건설이 위기라는데 넌 걱정도 안 돼? 아빠가 피땀 흘려 세운 회사라고!"

내 태도에 큰 누나가 발끈하고 소리친다. 하지만 난 냉정하게 말했다.

"지금은 매형 회사잖아요. 전 주주도 아니니 신경 쓸 이유가 없죠."

"어떻게 그렇게 말할 수 있니?"

"맞아! 넌 마치 아빠의 아들이 아닌 것처럼 말한다?"

"주식도 우리에게 비싼 가격으로 팔았잖아!"

사실을 말했을 뿐인데 거실은 내 성토장이 된 것처럼 시끄럽다.

"당신이랑 처제는 가만히 있어봐."

큰 매형이 나서서 진정을 시키고 나서야 다시 얘기할 분위기가 된다.

"처남이 대주주일 때 회사에 대해 얘기를 하지 않은 건 한국에 돌아온 지 얼마 되지 않았기 때문이지 다른 의도가 있었던 건 아냐. 물론, 처남 입장에선 기분이 안 좋을 수도 있었겠지, 이해해. 한데 지금은 우리가 힘을 합칠 때야. 까닥하다간 대양건설이 무너질 수도 있는 일이야."

"제가 그 위기에 어떤 도움을 줄 수 있을지 모르겠네요."

나에게 뭘 바라는 지 얘기라도 들어보기로 했다.

"흐음~ 그건 말이지……. 대양건설에 투자를 해줬으면 해."

"얼마나요?"

"500억이면 일단 위기는 막을 수 있는데 확실히 하려면 1,000억은 돼야 할 거야."

"그 정도면 은행에서 마련할 수 있지 않아요?"

"험! 그게 좀 곤란한 일이 생겨서……."

"그리고 네 분에게도 재산이 많으시잖아요? 왜 절 찾아온 건지 이해를 못하겠군요."

"……."

아버지는 날 편애하시진 않으셨다. 그저 누나들보다 더 준건 주식과 현재 살고 있는 이 집이 다였다.

그 외엔 균등하게 나눠주셨다.

만일 그렇지 않으셨다면 난 한국에 돌아오자마자 소송에 걸렸을 것이다.

"…그, 그건 말이지. 부동산이 워낙 덩치가 커서 당장에 처리하기가 힘들더라고. 그리고 이제 너도 회사 일에 신경 쓸 때가 되었잖아."

큰 매형이 말을 못하자 작은 매형이 나섰지만 말 같지 않은 소리를 한다.

현금은 쓸 일이 있으니 나 역시 투자를 하려면 부동산을 처분해야 했다.

이들은 그저 자신들의 재산은 쓰기 싫고, 만만하게 보이는 나보고 돈을 내놓으라는 소리를 하고 있는 것이다.

"좋아요. 그럼, 제가 투자를 한다고 한다면 금액만큼 주식을 주실 건가요? 보자… 오늘 종가가 얼마지?"

스마트 폰에서 주식가격을 확인하니 내가 팔았을 때 가격의 3분의 2가 되지 않는다.

"500억이면 16%정도군요."

"어머! 얘 좀 봐라. 지난번 네가 15%넘길 땐 750억이었잖아. 그리고 지금 투자를 한다면서 주식을 받겠다는 소리니?"

"언니 말이 맞아. 가족이라는 게 뭐니? 이런 상황에서 꼭 그런 얘길 꺼내야겠니?"

구역질이 난다.

크면서 단 한 번도 날 가족 취급을 해준 적이 없으면서 돈이 필요하니 이제 와서 가족이라니…….

"투자가 아니라 그냥 달라는 소리였군요."

"그냥 달라는 게 아니라…"

"더 이상 말 안하셔도 돼요. 제가 누군가 대양건설을 노린
다고 말했을 때 관심가지지 말라고 하셨죠? 그래서 관심 끊었
어요."

"너……."

"누나들도 마찬가지예요. 아버지가 같다는 이유만으로 가
족이라는 말을 쓰는 건 우습지 않아요? 가족놀이 하고 싶으면
집에 가셔들 하세요."

"배은망덕도 유분수지, 네가 어떻게……!"

"흥! 하여간 근본 없는……"

"거기서 한마디만 더 해봐요. 정말 후회하게 만들어 줄 테
니까. 나가요!"

근본 없는 자식.

어머니를 잃고 가장 많이 들었던 말이다.

어린 시절 안으로 삭혔던 분노가 트라우마가 되어 잠재되
어 있다가 폭발한다.

"……."

일반인이 견디기 힘든 살기가 네 사람을 옭아매며 그들의
심신을 걸신들린 사람처럼 갉아먹는다.

"꺼지라고요!"

살기를 풀며 다시 한 번 외쳤고, 그들은 부리나케 밖으로
사라진다.

"빌어먹을!"

돌아가신 아버지를 봐서라도 참으려 했는데…….

"위즈, 괜찮아?"

"네, 괜찮아요. 그냥 조금 화가 났을 뿐이에요."

살기를 느꼈는지 디오네가 왔다.

걱정스럽게 묻는 말투에 한결 기분이 가라앉는다.

"무슨 일이야?"

"아무것도 아니에요."

"솔직히 말해. 옆집에 있던 해윤이마저 갑자기 추워졌다고 할 만큼 강한 살기를 발해놓고 아무것도 아니라고 하면 내가 믿겠니?"

"그 정도였나요?"

"응. 나도 오싹했어. 마치 그날처럼."

화가 난다고 설마 그 정도까지 살기를 발했다는 게 믿어지지 않는다.

최근 제시카와 음양교합법을 하면서 내공이 꽤 많이 늘었다.

그래서 기억의 소멸시간도 5시간이 가까워지고 있는데 혹시 그 영향이 아닐까라는 생각을 해본다.

"말해, 들어줄게."

디오네의 고집을 꺾지 못하고 네 사람과 있었던 일을 간단히 설명했다.

"참 못난 사람들이네."

"욕심이 많은 거죠. 한 끼에 빵 한 조각만 있어도 된다는 걸 모르는 사람들이에요."

"도와줄까?"

"디아는 항상 나에게 뭔가를 주고 싶어 안달이군요. 그저 옆에 있다는 것만으로 충분해요."

"네가 날 위해 뉴욕으로 온 것과 같은 마음이야."

거절을 못하게 만든다.

"일단 좀 알아보고 도움이 필요하면 말할게요. 참, 그리고 동진푸드 주식매입은……."

"멈췄으니 걱정 마. 가치 이상으로 높이 살 생각은 전혀 없어. 나도 기업가라고."

말도 못하게 하는군.

"가요. 집들이를 마저 끝내야죠."

"해윤이가 너무 끈질기게 굴어서 가기 싫어. 내가 만날 수 없는 몸임을 설명할 수도 없고 곤란하다니까."

"조금만 기다려요. 고쳐줄게요."

"그게 가능해?"

"가능할 것 같아요. 음양교합법을 완전히 기억하고 있지 못할 때 비슷한 경우를 고친 적이 있었거든요."

하루에게 일어났던 증상과 세기만 다를 뿐 같은 현상이었다.

그때 무작정 고치려고 여러 가지 시도를 하고 방법을 찾았는데 디오네에게도 가능할 것 같았다.

"오홍~ 얼른 치료를 시작했으면 좋겠다."

"…치료예요, 치료!"

"누가 뭐래? 호호호!"

왠지 등골이 오싹해진다.

맨 처음 그녀와 관계를 맺었을 때가 기억난다.

갑자기 내공이 빨려나가는 현상에 얼마나 놀랐는지 모른다. 그리고 뺏기지 않으려고 밤새 발악을 해야 했다.

그게 디오네와의 첫 만남이었고, 인연의 시작이었다.

6장

욕심은 누구에게나 있다

경영대학 노래자랑은 대부분의 학과와 손을 잡고 대한대
학교 장기자랑으로 이름이 바뀌었다.

장학금을 10명 이상에게 준다는 장기자랑에 학생들의 반
응은 폭발적이었다.

그러다 보니 자연 총학생회와 약간의 충돌이 있었다. 그들
로서는 뜬금없이 경영대학이 너무 큰 행사를 주관함으로서
총학생회의 위신을 손상시켰다고 생각했다.

하지만, 송종혁 선배는 특유의 얍삽함으로 총학생회와 모
종의 계약을 맺었고, 과의 행사 자체를 총학생회에 넘겨 버렸
다.

덕분에 죄 없는 축제준비위원회의 위원들은 또다시 장시간의 회의를 해야 했다.

축제 이틀 전에 할 일을 모두 결정하고 본격적인 축제준비에 들어갔다.

그리고 드디어 축제 첫날.

오전부터 부지런히 움직이는 해윤이와 달리 난 학교를 벗어나 삼촌을 만나러 가고 있었다.

서초구 법원 근처 삼촌이 있는 건물은 꽤나 고풍스러웠고, 정문엔 '송 ′ s 법무법인' 이라는 간판이 붙어 있다.

"어서 와라, 무찬아."

"안 바쁘세요?"

"내가 온다고 해서 비워뒀다. 미스 진, 커피 두 잔만 부탁해요."

"알겠습니다, 변호사님."

"방으로 들어가자."

10평 정도 되는 사무실은 삼촌의 성격을 말해주는 듯 수많은 책이 꼽힌 책장과 몇 개의 화분을 제외하곤 별게 없었다.

"썰렁하네요. 그림이라도 하나 거는 게 좋지 않아요?"

"정신 사나워서 일하는데 방해만 되더라."

"에이, 그럼 이건 어쩌죠?"

난 들고 온 선물을 들어보였다.

"네가 준 것이라면 책상 위에 올려놓으마."

"하하! 약속 지키세요."

선물을 책상 위에 올려놓고 포장지를 풀었다.

"…그, 그게 뭐냐?"

"복(福)돼지요."

중화회와 보험회사 회장에게서 빼앗았던 금괴와 무기명 채권은 쓸 일이 없었기에 지하의 패닉 룸에 있는 금고에 놔뒀었다.

그동안 나 때문에 마음고생이 심했을 삼촌에게 선물이라도 할 생각으로 6개의 금괴를 이용해 복돼지를 만들었다.

"진짜 금은 아니지?"

"나중에 저 가고 난 다음 깨물어 보세요. 그리고 늦었지만 고마워요, 삼촌."

"쓸데없는 짓을……."

"이럴 땐 그냥 '고맙다' 고 하시면 돼요."

묘한 표정을 짓고 날 바라보던 삼촌은 여직원이 커피를 들고 오자 그제야 평소의 얼굴로 돌아온다.

"고맙다."

"저야말로 늦었지만 감사해요. 한데 대양건설에 대해 알아보셨어요?"

"알아볼 것도 없었다. 원래부터 예의주시하고 있었으니까. 이제 대양에 관심이 생긴 거냐?"

"아뇨. 다만 잘 굴러가던 회사가 왜 갑자기 위기가 되었는지 알고 싶어서요."

"멍청한 일수 놈 때문이지 다른 이유가 있을 리 있나?"

양일수는 큰 매형의 이름이다.

"내가 분명히 위험하다고 말했음에도 무작정 자신이 있다고 달려들어서 그 모양이 된 거지."

"자세히 말해주세요."

"7월인가? 그때쯤 변호사 모임에 나갔다가 홍산유통이 대양건설을 노린다는 얘기를 들었다. 그래서 나름 조사를 해봤지. 그런데……."

삼촌의 설명을 듣던 난 참으로 공교롭다는 생각이 들었다.

대양건설의 위기는 VVIP 클럽에서 보내준 정보로 많은 돈을 벌었던 베트남 대규모 건설사업과 연관이 있었다.

대형 건설사가 있음에도 베트남의 대규모 건설 사업을 따낸 업체는 화성건설이었다.

한데 화성건설 뒤에는 홍산그룹이 있었다.

그런 화성건설이 베트남 건설 사업의 일부를 대양건설에 넘기려 했고, 양일수는 함정인지도 모르고 덥석 문 것이다.

문제는 화성건설이 대양건설에 넘긴 지역이 너무나 낙후되어 건설장비가 쉽게 들어가지 못하는 곳이었다. 그래서 건설을 위해서는 도로부터 닦아야 하는 상황이 돼버린 것이다.

하지만 계약할 당시 도로를 닦을 비용은 산정하지 않은 채였고, 그 비용은 고스란히 회사의 손해가 되어버린 것이다.

"…홍산그룹과 화성건설 그놈들의 잘못도 있지만 건설 현장도 가보지 않고 덥석 계약을 한 일수 놈 잘못이 가장 커."

"어쩔 수 없이 도로를 대충이라도 건설해야겠군요?"

"말도 안 되지. 도로를 만들고 건설을 하면 손해가 얼만지 아니? 2,000억은 가뿐이 넘어가 버려. 그리고 도로를 다져놓으면 화성건설만 이익이야. 건설 자체에 그 도로가 들어가 있으니 놈들은 포장만 하면 되는 거지."

"어쩔 수 없잖아요?"

"그렇긴 하지. 계약서를 제대로 보지 않고 계약을 했는지 엉망진창이더군. 건설을 성공해도 손해고, 실패하면 위약금으로 회사 전체를 갖다 바쳐야 하니까."

완벽한 함정에 빠진 것이다.

"양일수는 뭐래요?"

"화성건설에서 도로건설 비용을 반 대주기로 했다고 공사를 계속 할 생각이더구나. 멍청한 놈, 그래 봐야 헛일인 것을."

"왜요?"

"2,000억 손해가 어디에서 나올 것 같으냐? 인건비야. 계약기간 내에 도로도 만들고 건물까지 세우려면 최소한 2배의 인력을 파견해야 하는데 반을 대준다고 해도 도로를 완성해야 한다는 조건이 붙으면 어차피 똑같아."

"방법이 없군요?"

2,000억을 손해보는 길밖에 딴 길이 없어보였다. 하지만 삼촌의 입에선 예상 못했던 말이 나왔다.

"있다."

"있어요?"

"계약무효소송을 할 생각이다."

"시간이 오래……!"

소송의 단점은 시간이 오래 걸린다는 것이다.

하지만 이번 소송에서는 단점이 장점이 된다. 베트남과 계약은 화성건설이 한 것이다.

계약기간 내 완성을 못하면 곤란해지는 건 그들도 마찬가지다.

최악의 경우 회사가 넘어가겠지만 화성건설 역시 안전하진 못할 것이다.

"한데 과연 양일수가 소송을 하려 할까요? 저한테 돈을 투자하라고 한 걸 보면 계속할 생각인 것 같던데요."

"그놈의 의사는 상관없다. 놈은 곧 임시주총에서 쫓겨날 테니까."

"네?"

그들이 가진 주식은 9%, 6%였다. 거기에 내가 판 15%, 자회사인 대양유통과 대양엔지니어링에 각각 5%로씩. 그럼 40%나 된다.

"사장님이 이런 날이 올 것을 대비해 나에게 네 어머니 이름으로 되어 있던 15%의 주식을 주셨다. 그리고 다른 주주들이 날 밀어주기로 했다. 원래는 내가 가지고 있던 주식과 합쳐 널 사장으로 만들 생각이었는데……."

"하지만 대양유통과 대양엔지니어링의 주식을 합치면……."

"그 주식은 양일수가 사용할 수 없다. 회사에 일정 금액 이상 손해를 입힌 경영인은 사용 못하도록 되어 있거든."

아버지는 날 위해 더 많은 것을 준비해 두셨다.

그 사랑에 가슴이 먹먹하면서도 당신 뜻대로 하지 못함에 죄송스러웠다.

"주식을 너에게 돌려주마."

참 욕심 없는 분이다. 그냥 가진다고 해도 누가 뭐라 할 사람은 없었다. 이미 자신의 이름으로 되어 있는 주식 아닌가?

"아뇨. 그러지 마세요."

"왜? 이건 네 어머니가 내게 주신 몫이다."

"삼촌의 몫이에요. 어머니를 아껴주시고, 당신의 임종을 지켜주시고, 저를 기다려 달라는 뜻에서 아버지가 주신 거죠."

"말도 안 되는 소리를 하는구나. 이번 일이 해결되면…"

"송이버섯 삼촌……."

삼촌의 말을 잘랐다. 그리고 어린 시절 성이 송 씨라 '송이버섯 삼촌'이라 불렀던 그때를 생각하며 불렀다.

"오랜만에 듣는 호칭이구나."

"후후! 그땐 참 버릇없는 아이었어요. 지금도 그리 좋은 조카는 못되지만 말이죠."

"그랬지. 한데 지금과 달리 귀여운 구석은 있었다."

"하하하! 그랬나요?"

난 잠깐 웃다가 하려던 말을 꺼냈다.

"절 죽이려 했던 놈들을 알아냈어요."

"…그, 그놈들이 누구냐!"

삼촌은 내 말에 잠시 당황하다 성난 사자처럼 분노를 표한다.

"무서운 놈들이에요."

"내가 이래봬도 아는 검사들과 고위층이 꽤 많다."

"우리나라 놈들이 아니에요. 제가 이런 말씀을 드리는 이유는 혹시나 제가 어느 날 갑자기 사라져도 애써 찾지 말라고 말씀드리는 거예요."

"유언장을 작성한 것도… 복수를 할 생각이냐?"

"네. 그러니 대양건설은 삼촌이 맡아주세요."

"그냥 잊고 사는 게 어떠냐?"

"그들은 제가 누구인지, 어디에 있는지 알고 있어요. 둘 중 하나는 없어져야 끝이 나는 싸움이에요."

"……."

"전 알아요. 대양건설은 아버지와 삼촌이 일구신 거잖아요. 그러니 문을 닫아도 삼촌이 닫아주세요."

할 얘기를 모두 마쳤기에 자리에서 일어났다.

회사를 문 닫을 각오로 배수의 진을 쳤으니 화성건설도 두 손을 들 것이다.

"기다리마."

"…네."

기다리지 말라고 말하려 했으나 목소리에 담긴 어떤 감정 이 느껴졌기에 삼키고 지키지 못할 약속을 한다.

인사를 꾸벅하고 나왔다. 그리고 하늘을 본다.

참 지독히도 파랗고 높은 하늘이다.

"복수는 제가 할게요."

대양건설은 삼촌에게 맡겼으니 이젠 대양건설을 건드린 사람에게 복수할 차례다.

*   *   *

축제는 즐기기 위한 방법은 여러 가지다.

집에서 쉬는 이들도 있고, 돈을 벌기 위해 음식점을 차리는 이들도 있었다.

그리고 행사장을 돌며 공연과 각 과에서 마련한 행사를 즐 기는 이들도 있었는데, 나와 내 일행은 이런 부류에 속했다.

음식점을 도우라는 송종혁의 명령은 제시카의 눈웃음 한

방에 쏙 들어갔고, 우니는 디오네가 나서서 빼왔다.

"저기, 사람이 없다!"

축제 3일째, 대한대학교 장기자랑이 벌어지는 곳은 벌써 수많은 사람들로 가득했다.

특히나, 무대를 보기 가장 좋은 곳에 위치한 음식점에는 빈 자리가 보이지 않았다. 한데 유독 사람이 없는 곳이 한군데 있었다.

왜 그곳에 사람이 없는지는 중요하지 않았다. 조금 있다가 장기자랑이 시작하면 그마저도 없어질 게 분명했기에 자리를 잡아야 했다.

우리 여섯은 우르르 몰려가 원형 플라스틱 테이블 두 개를 차지하고 앉았다.

"어서 오세요. 뭘 드릴까요?"

큰 텐트 안에 앉아 있던 여학생 한 명이 메뉴판을 들고 나온다.

"파전 두 개랑, 골뱅이무침 두 개, 맥주 세 병, 소주 한 병 주세요."

메뉴판을 슥 훑어보곤 빠르게 주문을 했다.

"일단 하나씩만 시키지. 손님이 없는 이유가 뭐겠어?"

여학생이 멀어지자 해윤이 낮은 목소리로 말한다.

서빙을 보는 여학생들의 얼굴도 괜찮았고, 음식점인 텐트를 꾸민 것도 다른 곳보다 훨씬 예쁘고 고급스러웠다.

이곳이 장사가 안 되는 이유는 해윤의 예상대로 음식일 가능성이 높았다.

"테이블 값이라고 생각해."

"하여간 씀씀이가 커서 큰일이야."

"허~ 이 아가씨 말하는 것 좀 보소. 벌써부터 마누라처럼 말하네."

"고쳐서 결혼해야지. 신세 망칠 일 있어?"

"큭큭큭! 해윤이 말이 맞다."

끼어든 놈이 더 밉다더니 봉구 형이 딱 그 짝이다.

조금 기다리자 장기자랑이 시작되기 전에 음식이 나왔다.

"쿠우웩!"

"이거 꽤나 심한데."

해윤은 기괴한 소리를 내며 파전을 뱉었고, 골뱅이무침을 입에 넣었던 우니는 몇 번 씹다가 휴지를 입에 대고 슬그머니 뱉는다.

하지만 디오네, 제시카, 봉구 형은 별다른 소리하지 않고 먹는다.

"어, 어떻게 이걸 먹을 수 있어?"

해윤은 세 사람이 먹는 모습에 기겁을 했고, 우니는 말없이 고개를 끄덕인다.

"내가 먹어보지."

일단 파전을 먹기 좋게 찢어 입에 넣었다.

내 미각은 음식 안에 극소량 들어간 감미료의 맛까지 구분할 정도로 좋았다.

들 풀어진 밀가루 뭉치가 터지며 텁텁한 맛이 났고, 파는 제대로 익지 않아 매운 맛과 풀 냄새가 강하게 났다.

그리고 그보다 심한 건 MSG, 간장, 후추 등 맛을 내기 위해 마구잡이로 투입된 조미료가 복잡하게 뒤섞여 괴상한 맛을 창조해냈다.

"어때?"

단백질 섭취를 위해 각종 벌레를 잡아먹던 때에 비하면 최악은 아니었다.

"독은 없어. 그럭저럭 먹을 만은 하네."

"컥! 이 음식 자체가 독이라고!"

도저히 이해가 되지 않는다는 표정의 해윤과 우니였다.

결국 해윤은 음식을 가져온 여학생을 불렀다.

"도저히 안 되겠어. 여기요!"

"…네, 손님."

"이 음식……."

"많이 안 좋으세요? 금방 새로운 걸로 다시 가져올게요."

여학생은 축제 3일 동안 수많은(?) 경험이 있는지 애써 웃음 지으며 얘기하곤 주방이 있는 곳으로 후다닥 뛰어간다.

"과연 새로운 걸 가져온다고 될까?"

우니는 몸서리까지 치며 불안해한다.

"크아악! 포기다! 지금 나간 술값은 공짜라고 말씀드리고 다 마시면 음식점은 접자, 접어. 더 이상은 못해먹겠다. 초상화나 그릴 걸 괜히 음식점을 맡아서 이게 무슨 꼴이야!"

"오빠가 말하세요. 저도 더 이상 말을 못하겠어요."

주방에선 은은하게 들리는 소리를 듣던 난 피식 웃음이 나왔다.

내가 아는 이의 목소리였다.

그러고 보니 텐트 한구석에 '디자인학부'라는 글이 보인다.

주방으로 가자 요리사 복장을 한 한경수가 프라이팬과 각종 음식 앞에 쭈그리고 앉아 머리를 쥐어뜯는 모습이 보인다.

"한경수, 여기서 뭐하냐?"

"어, 박무찬!"

"네가 여기 주방장이었냐?"

"응. 근데 새로 왔다는 손님이… 너?"

한경수는 머리에 쓰고 있던 요리사 모자를 벗어 던지고 우리 자리에 합석을 했다.

"이쪽은 디오나, 제시카, 봉구 형. 이쪽은 내 친구 한경수예요."

한경수는 우니와 해윤이는 본 적이 있었기에 세 사람을 소개했다.

"먼발치에서 여러 번 봤었는데 무찬이랑 아는 사이였다니

의외네요. 만나서 반가워요. 한경수라고 해요."

"난 디오나. 무찬이 친구니까 말 편하게 할게."

"무찬이랑 친구니까, 친구하자. 제시카야."

"난 이강민! 함부로 봉구라고 부르면… 컥!"

봉구 형은 꼭 매를 번다.

"술 한잔해라."

"고마워. 한데 안주가 시원찮아서 어떻게 해? 계란찜이라도 만들어 올까?"

"안 돼! 오빠 절대 주방에 가지 마요. 상상만 해도 끔찍해요."

"해윤아, 넌 귀여운 얼굴을 하고 어떻게 그리 잔인한 말을……."

"현실은 원래 잔인한 법이에요."

"켁!"

한경수는 술을 뱉으며 좌절한다.

"주방 사용해도 돼요? 되면 제가 해올게요."

"응. 마음대로 사용해. 어차피 축제 끝나면 다 버려질 것들인데."

면면을 살펴봐도 음식을 할 사람은 우니밖에 없었다.

우니는 간지 얼마 되지 않아 파전과 골뱅이 무침을 가지고 나왔다.

"그래, 이 맛이 정상이지."

"맛있다! 도대체 어떻게 이런 맛을 내는 거지? 이해가 되지 않아."

한경수는 엄지를 내밀며 우니를 칭찬했고, 일행은 순식간에 음식을 바닥낸다.

"듬뿍 만들어야겠네요. 봉구 오빠, 좀 도와줘요."

"응!"

주객이 전도됐다.

우니와 봉구 형은 주방으로 가 열심히 음식을 만들었고, 한경수와 디자인과 여학생들은 배가 고프다며 본격적으로 자리에 앉아 먹는다.

"…오래 기다리셨죠? 지금부터 대한대학교 장기자랑을 시작하겠습니다!"

타 대학 레크리에이션 과에서 섭외한 사회자는 매끄러운 말솜씨를 발휘하며 장기자랑 시작을 알렸다.

그러자 자리를 잡지 못한 사람들이 비어 있는 우리 쪽으로 와 자리에 앉는다.

그리고 테이블에 놓인 메뉴판을 보면서 주인을 찾으려고 두리번거리며 외친다.

"주문 안 받아요?"

"저… 지금은 장사를……."

한경수는 장사를 하지 않는다고 말하려 했지만 우니의 말을 들은 봉구 형이 말을 끊으며 나섰다.

"주문하세요."

"저희 막걸리 두 개에 파전, 골뱅이무침 하나 주세요."

"네~ 여기 파전 하나, 골뱅이 하나!"

봉구 형은 우니를 향해 큰소리로 주문 내용을 외친다. 그리고 사발과 막걸리를 꺼내 테이블에 세팅을 한다.

"어쩌시려고요?"

두 사람의 행동에 당황한 건 한경수였다.

"네가 무찬이 친구라메?"

"네……."

"그래서 우니가 도와주기로 했어. 넌 옆에 가서 음식 하는 거 배우고, 후배들은 서빙하면 될 거야."

"정말요?"

한경수는 놀란 표정으로 나와 우니, 그리고 봉구 형을 번갈아 본다.

"싫음 말고. 나도 귀찮아."

"아, 아니에요. 애들아! 서빙해."

금새 음식점은 손님들로 만원이 되어버린다.

"나도 도울까?"

우니가 열심히 하고 있는데 앉아 있기 뻘쭘한지 해윤은 엉덩이를 들썩거린다.

"아니, 그냥 앉아만 있어도 충분해."

"왜? 내가 음식 못할까 봐?"

내 말에 발끈하는 해윤.

"그게 아니라 주변을 봐."

해윤이 주변을 돌아보자 장기자랑보다 디오네, 제시카, 해윤을 훔쳐보던 남자들의 고개가 무대가 있는 쪽으로 홱 돌아간다.

"주변이 왜?"

하지만 해윤은 이해를 못했다.

"너, 클럽에서 예쁜 여자 손님들은 기본만 먹어도 계속 놔두는 이유가 뭐라고 생각 하냐?"

"그야… 아하! 이해했어. 후후후!"

은근히 좋아하는 해윤.

그 모습에 특이한 걸 좋아하는 남자가 있다는 말은 삼켜야 했다.

물론, 나도 특이한 걸 좋아하지만 말이다.

"뭘 그렇게 두리번거려?"

내가 계속 주위를 두리번거리며 보자 디오네가 묻는다.

"찾는 사람이 있어요."

"누구?"

"학교 선배요."

"약속시간과 장소는 정하지 그랬어?"

"말은 했는데 올지 안 올지 몰라서요."

내가 기다리고 있는 사람은 홍산유통 신세호의 비서실장

인 배정후였다.

대양건설을 공격했을 가장 가능성 높은 이는 신세호였다. 그래서 서미혜에게 전화를 걸어 그에 대한 많은 것을 물었다.

그때 나온 이름이 배정후였다.

실질적으로 홍산유통을 이끌어 간다는 배정후에 대해서 서미혜도 꽤 자세히 알고 있었다.

만일 대양건설을 공격한 것이 신세호가 맞다면 그 방법을 생각한 것은 배정후라는 생각이 들었다.

그가 대한대학교 경영대학을 졸업했다는 말을 듣고, 전화번호를 알아내 전화를 걸었다.

이름과 소속을 밝히고 학교에 축제가 있어 초대를 한다고 했지만 그는 아무 말도 하지 않았다.

평생 그만저만한 회사의 비서실장으로 만족하신다면 어쩔 수 없죠. 선배님.

마지막으로 한마디 던지는 것으로 통화는 끝내야 했다.

사실 그가 올지 안 올지는 모른다.

하지만 올 것 같다 예감에 자꾸 주변을 두리번거리게 된다.

장기자랑이 중간쯤 흘러 날이 서서히 어두워져 갈 때쯤 찾던 사람이 보였다.

'왔다!'

공연장의 끝에 서서 장기자랑을 바라보는 사내는 조금씩 고개를 돌리며 누군가를 찾는 듯한 행동을 한다.

단정한 머리스타일과 한 점 흐트러짐 없는 옷매무새가 서미혜가 보내준 사진과 똑같았다.

배정후를 움직이게 한 것이 무엇이었을까를 생각하며 자리에서 일어났다.

"어디가?"

해윤이 골뱅이무침을 씹으며 묻는다.

"화장실. 큰 거야."

"윽! 얼른 가!"

머릿속으로 무언가를 상상을 했는지 인상을 찌푸리는 해윤.

그녀에게 빙긋 웃어주곤 배정후에게로 향한다.

배정후가 마지막으로 한 말에 움직여 줬기를 바랐다. 그렇다면 그의 욕심을 채워만 주면 일은 내가 원하는 대로 풀릴 가능성이 높았다.

욕심은 자신이 어떤 일을 함에 있어서 원동력이 되기도 하지만 타인이 볼 땐 파고들 수 있는 틈이 되기도 했다.

7장

손을 잡다

'대학도 졸업하지 못한 애송이의 말을 듣고 내가 도대체 뭐하는 짓이지?'

배정후는 며칠 전 박무찬의 전화를 받았다.

갑작스런 전화에 화가 났지만 하도 어이가 없어서 아무 말도 하지 못했다. 게다가 마지막 말을 듣고는 눈앞에 있었다면 주먹을 날릴 정도로 분노를 했었다.

하지만 며칠간 박무찬의 말은 그의 머리를 떠나지 않았다.

자신의 역린을 건드리는 말이었기 때문이기도 했지만 그보다는 그가 자신의 속마음을 알아차린 것에 대한 당황스러움이 더 컸다.

그리고 배정후 자신은 인정하고 있진 않지만 일말의 기대
가 있었기에 박무찬이 말했던 장소에 와 그를 찾고 있었다.

20분간 수많은 인파들 속에서 박무찬을 찾기 위해 두리번
거리던 배정후는 돌아섰다.

'쓸데없는 짓을 했어. 쩝!'

입맛이 썼다.

애송이의 말에 이끌려 이곳까지 온 자신에 대한 혐오감마
저 들었다.

"후후, 나도 늙었나 보군."

그가 졸업할 당시 벤처열풍이 거세게 불었다.

기업의 사장이 꿈이었던 배정후도 친구들과 벤처기업을
만들 생각이었다.

하지만 그의 아버지가 쓰러져 가족을 이끌어야 하는 입장
이 되어버린 그는 벤처기업을 포기하고 홍산그룹에 취업을
해야 했다.

그러나 꿈은 포기하지 않았다.

대한대학교라는 학력과 그의 능력을 이용해 전문 경영인
이 되어 기업을 이끄는 사람이 되고자 했다.

운이 따라줬다. 신세호의 눈에 들어 빠르게 승진을 했고 비
서실장의 자리까지 올라갔다. 그리고 신세호가 서미혜와 결
혼을 하면서 자신의 꿈이 한발 더 다가옴을 느꼈다.

하지만 운명의 신은 다시 시련을 줬다.

서미혜가 미국의 캐플러투자그룹과 계약에 성공하면서 홍산그룹과 미지그룹의 합작이 사실상 무효가 돼버린 것이다.

그와 함께 신세호와 서미혜는 별거상태에 들어가 버렸고, 배정후가 계획하고 있었던 사장자리도 사라져 버렸다.

"배정후 선배님!"

막 장기자랑을 하고 있는 공연장을 벗어나려는 순간 누군가가 자신을 잡는다.

"그렇게 전화를 끊어 안 오실 줄 알았는데 오셨군요. 처음 뵙겠습니다. 박무찬입니다."

훤칠한 키에 호감 가는 얼굴로 환하게 웃고 있는 이는 사진으로만 보던 박무찬이었다.

반갑게 맞이해 주는 그의 모습에 무슨 말을 할까 잠깐 고민하던 배정후는 입을 열었다.

"자네가 나에게 전화를 했던 친군가?"

"네, 선배님."

"건방지더군."

"죄송합니다."

진심으로 사죄하는 모습을 보니 마음이 살짝 풀리는 느낌이었다. 하지만 표정은 여전히 싸늘히 한 채 박무찬을 바라본다.

"꼭 뵙고 싶었기에 제가 무리한 방법을 사용했습니다. 사죄의 뜻으로 음료를 대접하고 싶은데 괜찮으시죠, 선배님?"

"……."

"이쪽은 시끄러우니 저쪽에 있는 카페로 가시죠."

배정후는 자신의 손을 잡고 당기며 살갑게 구는 박무찬의 행동에 못 이기는 척 따른다.

"맥주 괜찮으시죠?"

배정후는 아무 말도 하지 않았다. 그러자 박무찬은 미소를 짓고는 맥주와 마른안주를 주문한다.

500cc 맥주는 금새 나왔다.

'못 마실 이유가 없지.'

마실지 말지를 생각하던 배정후는 애송이를 앞에 두고 너무 많은 생각을 하는 자신의 모습이 우스웠다.

그리고 과거 대학교 때의 추억을 생각하며 한 모금 마신다. 그가 내뱉고 싶었던 감탄사가 앞에 있는 박무찬에게서 나왔다.

"카아~ 시원하네요."

"그렇군."

추억이 담긴 시원한 맥주 한 모금이 배정후를 원래의 그로 만들어줬다.

배정후는 아무 감정 없는 목소리로 묻는다.

헛소리를 하면 당장에 귀싸대기를 날리고 자리에서 일어날 생각이었다.

"한데 안면조차 없던 나에게 축제구경하며 술 마시자고 부른 건 아닐 테지? 할 얘기 있음 해보게."

"바로 말씀 안 드리면 일어날 기세시군요. 말씀 드리죠. 해묵은 감정을 털어내고 가급적 서로에게 이익이 된다면 손을 잡자는 겁니다."

"해묵은 감정?"

"서미혜 씨와 관련된 일이라고 해야 듣기 쉽나요?"

"무슨 말인지 모르겠군."

배정후는 시치미를 뗐다.

박무찬은 표정의 변화 없이 여전히 미소를 머금고 말을 한다.

"모르신다니 다행이군요. 하하하!"

'이상한 놈…….'

해결사를 보낸 적이 있어 시치미를 떼면 화를 내거나 얼굴이라도 굳힐 줄 알았다. 한데 진정 다행이라는 듯 말하는 모습에 기분이 묘했다.

비서실장에 불과했지만 홍산유통을 실질적으로 운영하다 보니 많은 사람들을 만났다.

갑의 입장에서, 때론 을의 입장에서 정치가와 기업가들은 물론이고, 신세호의 뒤처리를 위해 깡패 두목까지 만났기에 사람 보는 눈은 제법 뛰어났다.

그런 그에게 박무찬이 새롭게 보였다.

물론, 화를 내야 할 상황에서도 눈앞의 박무찬처럼 얼굴표정이 쉽게 바뀌지 않는 이들도 있었다.

그들은 자신이 하기에 따라 가진 걸 모든 걸 뺏을 수 있는 약자와 그 반대 경우의 강자였다.

'넌 어느 쪽이지?'

눈을 가느다랗게 뜨고 박무찬을 보던 배정후는 그를 떠보기 위해 입을 열었다.

"난 대양건설에 대해 얘기하는 줄 알았지……."

"하긴 그것도 있었네요. 하지만 그 일은 해묵은 감정은 아니죠. 아직도 진행되고 있는 일이니까요."

"화가 나지 않나?"

"화를 내야 합니까?"

"내가 계획한 일이라면?"

"그럴 것이라 생각했습니다. 그렇다고 해도 기분이 약간 좋지 않을 뿐 화가 나진 않습니다."

"하아? 기분이 좋지 않을 뿐이라고? 그게 화가 난 게 아닌가?"

말장난을 치는 박무찬의 태도에 어이가 없었다. 그리고 그에게 자신이 잠시나마 호기심을 가졌다는 것에 대해서도 웃겼다.

"제가 정말 화가 났다면 선배님을 여기 부를 필요도 없었겠죠. 그저 찾아가 화를 풀었을 겁니다."

"……."

하지만 이어지는 담담한 말에 갑자기 싸늘한 느낌과 함께 소름이 돋는다.

조직폭력배 두목을 처음 봤을 때 느껴졌던 살기가 반달처럼 휘어져 웃고 있는 박무찬 눈에게서 느껴졌다.

만일 이곳이 밀실이라고 했다면 입을 열지 않았을 것이다. 하지만 주변에 사람도 많았고, 애송이의 눈빛에 움츠려들었다는 것에 오기가 생겨 말한다.

"…화가 났다고 해서 할 수 있는 일이 있을까?"

"글쎄요……? 보여드릴까요?"

꿀꺽!

이성은 보여 달라고 말하려했지만 감성은 위험하다고 끊임없이 경고한다.

감성이 이겼다. 나오려는 말을 삼킨다.

"하하하! 보여달라 하셔도 할 수가 없겠네요. 그러면 이렇게 얘기를 할 수가 없잖아요?"

지옥의 문턱을 넘으려 했다는 걸 모르는 배정후는 맥주를 들이키곤 가장 묻고 싶었던 바에 대해 묻는다.

"조금 전 서로 이익이 되면 손을 잡자고 했는가?"

"네."

"자네가 원하는 건 대양건설에서 손을 떼라는 것이겠지? 하지만 그건 이미 내 손을……."

"아뇨."

"그게 아니라고?"

"네. 대양건설은 내일쯤 화성건설에 계약무효화 소송을 할 겁니다."

"그럴 리가……."

대양건설에 대한 계획은 신세호의 명령을 받아 모두 배정 후가 세웠다.

계획이 실행되는 시점에서 그의 손을 벗어나긴 했지만 대양건설을 집어삼켰을 때 그에게 떨어질 파이가 있었기에 진행사항은 모두 보고를 받고 있었다.

그리고 계획을 세울 때 소송을 염두에 두고 있었다. 그래서 대양건설의 사장인 양일수가 소송을 생각하지 못하도록 여러 가지 방책도 마련해둔 상태였고 그대로 흘러간다고 생각했었다.

"양일수는 사장직에서 쫓겨날 겁니다."

"…그렇다고 해도……."

"망할 가능성이 높겠죠. 그런데 새로 사장이 되시는 분은 혼자는 절대 못 죽겠다고 하시더군요."

"……."

최악의 시나리오다. 아니 자신이 세운 최악보다 더욱 최악이었다.

소송을 대비해 양일수의 약점을 잡아둔 것 또한 헛일이 되어버렸다.

"계획을 짰다면 보상금이 많았을 텐데 아쉬운가 보군요?"

"……."

일이 성공했을 때 받게 될 보상금이 아쉬웠다.

그리고 무엇보다도 능력을 인정받아 홍산그룹의 계열사 사장 자리에 앉을 수 있지 않을까 하는 기대감이 깨진 것이 더 아쉬웠다.

"하면 나에게 바라는 건 뭐지?"

"대양건설이 당한 만큼 홍산유통이 당했으면 좋겠군요."

"나더러 홍산을 배신하라고?"

"배신입니까?"

"…하하."

이상한 놈이 아니라 괴상한 놈이었다.

애사심이 투철한 건 아니지만 홍산유통은 애증이 녹아 있는 공간이었다.

그런 곳을 배신하라고?

더 이상 얘기하는 것이 무의미했다.

그러나 일어나지 않았다. 분명 자신을 설득하다 실패하면 다른 방법으로 공격해올 것이 분명했기에 박무찬에 대해 좀 더 알아보고자 했다.

"그럼 나에게 줄 수 있는 건 뭐지?"

"원하시는 게 뭐죠? 말해주시면 제가 최대한 들어드리죠."

"돈을 원한다면?"

"50억을 드리죠. 물론 네고는 가능합니다. 그리고 만일 홍산유통에 대양건설과 같은 피해를 입힌다면 들어오는 돈의 절반도 드리겠습니다."

"......."

"설령 실패를 한다고 해도 약속한 돈을 지불할 겁니다. 그리고 새로운 직장이 필요하다면 얼마든지 소개시켜드릴 수 있습니다."

홍산유통에 녹아 있던 애증이 증발될 만큼 솔깃한 제안이었다.

마음이 흔들리고 심장이 빠르게 뛰었다. 그러나 한편으론 박무찬의 제안이 거짓이라는 생각이 들었다.

배정후의 얼굴 표정에 그것이 나타났음인지 박무찬이 말을 잇는다.

"믿지 못하는 얼굴이시군요?"

"자네라면 믿겠나?"

"말로만 하는 얘긴 믿을 수가 없겠죠. 원한다면 서류로 남겨도 좋습니다. 그리고 소개해드릴 회사는 결코 홍산유통의 아래는 아닐 겁니다."

"…됐네."

배정후는 앞에 놓인 술을 비우곤 자리에서 일어났다. 그리고 지갑에서 5만원을 꺼내놓곤 돌아섰다.

"생각해 보시고 연락주세요, 선배님."

멈칫!

박무찬의 말에 뭔가를 답하려던 배정후는 그대로 다시 걸음을 내딛는다.

그의 머리는 박무찬을 만나러 올 때보다 더 복잡해져 있었다.

*   *   *

"여보, 회사 나갈 시간이에요."

"…으, 응."

박무찬과 만나고 집으로 돌아온 배정후는 꽤 오랜 시간 고민을 했다.

그 와중에 술을 마셨던 것이 과했는지 알람을 맞춰뒀음에도 울리는 소리조차 듣지 못하고 아내의 목소리에 의지해 간신히 잠을 깼다.

"해장국 끓여놨으니 준비하고 나와요."

"알았어."

침대에서 무거운 몸을 일으킨 배정후는 출근준비를 마친 후 식탁으로 나왔다.

"아빠!"

"아빠!"

식탁에 앉아 있던 두 아이가 반갑게 맞이한다.

"울 애기들, 잘 잤어요?"

"웅!"

환한 모습으로 답하는 두 아이의 머리에 뽀뽀를 한 후, 자리에 앉아 식사를 한다.

아직 여섯, 다섯 살의 아이들이다 보니 식탁은 어수선했다.

하지만 배정후에게는 가장 소중한 시간이었다.

홍산유통을 거의 책임지다시피 하다 보니 퇴근 시간은 거의 매일 늦었고, 아침에도 새벽같이 나가야 하는 날이 많아 아이들의 얼굴을 보는 것이 일주일에 고작 한두 번뿐이었다.

"이거 먹어봐요. 어제 어머니가 가져오셨어요."

"그래."

파김치와 갓김치를 숟가락에 올려주는 그의 아내.

배정후는 그런 그녀를 향해 빙긋이 미소를 짓곤 맛있게 아침을 먹는다.

그러다 문득 어제 박무찬의 눈빛에서 느꼈던 오싹한 기운이 생각났다.

'가족은 절대 안 돼!'

아이에게 밥을 먹이는 아내와 뭐가 그리 신나는지 연신 웃으며 밥을 먹는 두 아이를 바라보니 자신의 삶을 되돌아보게 된다.

승진을 위해, 신세호와 홍산그룹 회장에게 인정받기 위해

남의 눈에서 눈물을 뽑게 한 기억이 끝없이 펼쳐진다.

개중엔 울면서 복수를 하겠다며 소리치던 이들도 몇 명이 있었는데, 당시엔 몰랐지만 지금 생각하니 소름이 돋을 지경이었다.

복수를 위해 킬러를 고용한 사람 얘기로 한동안 국내가 떠들썩했는데 남의 일이 아니었다.

'하아~ 정말 앞뒤 안 보고 살았구나.'

배정후는 지킬 것이 있다는 것을 알게 되었고 지킬 것을 잃게 될까 두려워졌다.

그리고 비로소 자신이 나이가 들었음을 깨닫는다.

"여보……."

"네?"

"아이들 데리고 산청 친정에 내려갔다 오는 건 어때?"

"이이도 참! 방학 때 갔다 왔잖아요. 그리고 얘들 유치원 가야죠."

배정후 현관을 나서며 한동안 친정에 내려가 있으라는 말을 돌려 말했지만 그의 아내는 알아듣지 못했다.

"다녀올게."

"그래요. 고생하세요."

"아빠! 다녀오셨어요?"

"다녀오세요, 해야지. 호호!"

"……."

뭔가를 더 말하려던 입을 다물었다. 그리고 아내와 아이들의 배웅을 받고 아파트를 나왔다.

한 번 생긴 불안감은 쉽게 사라지지 않았다. 그래서 경호원이라도 붙여야겠다는 생각을 하며 회사로 향한다.

신세호를 거의 대신하다시피 하니 출근과 동시에 할 일은 쌓여 있었다.

―우우우웅~ 우우우웅~

오전 내내 서류작업만 해도 시간이 빠듯했기에 자리에 앉자마자 서류를 살핀다. 그러기를 한참, 진동으로 해둔 전화기가 운다.

거래처의 정 사장이었다.

―배 실장님, 대영실업의 정필호입니다.

"네, 말씀하세요."

―저, 그게… 재계약 때문에 연락드렸습니다.

"그런데요?"

―실장님이 원하는 대로 아무리 맞춰보려고 해도… 그래서 그런데 개당 2,000원 정도만, 아, 아니 1,000원만이라도 더…….

을(乙)의 입장인 정필호는 끝말을 흐리며 물품단가를 조금이라도 더 올리고자 했다.

"…….."

―그게 안 된다면 500원만이라도 안 되겠습니까? 사정이

된다면 당장에라도 실장님이 원하는 가격을 맞춰드리고 싶은데… 제발 부탁드립니다, 실장님!

배정후가 잠깐 생각하려 말을 하지 않자, 그보다 열 살은 많은 정필호는 거의 울 것 같은 목소리로 사정을 봐달라고 부탁한다.

다른 날이었으면 생각도 하지 않고 딱 잘라 거절했을 것이다.

한데 오늘은 타산지석이라고 상대방의 입장에서 한 번 더 생각하게 된다.

'정말 숨만 붙여놓을 생각의 계약이군.'

스스로가 생각해도 갑의 행포가 극심한 계약조건이었다.

"정 사장님."

—말씀하십시오, 실장님…….

"기존 계약에서 500원만 빼는 걸로 하고 재계약을 하시죠."

—네?

"싫으십니까?"

—아, 아닙니다. 그렇게까지 해주신다니 정말 감사합니다, 배 실장님! 제가 자리 한 번 마련하겠습니다.

"그건 사양하죠. 대신 좋은 물건으로 납품해 주세요."

—물론입니다! 당연히 그래야죠. 허허허!

"담당자에게 말해둘 테니 오늘 와서 계약하시죠."

―알겠습니다! 지금 당장 준비해서 달려가겠습니다.

정필호의 목소리는 마치 죽다 살아난 사람처럼 기뻐하고 있었다.

"미안합니다……. 쩝!"

배정후는 이미 끊어진 전화기에 혼잣말로 중얼거린다.

원래 2,500원을 깎을 생각이었는데 500원만 깎았다. 하지만 그마저도 '상생'이 아닌 쥐어짜기라고 볼 수밖에 없는 금액이었다.

입사를 한 후부터 협력업체―말만 협력이다―쥐어짜기를 배운 배정후는 자신이 사장이 되면 진정한 상생의 길을 갈 것이라 그토록 다짐했었다.

하지만 어느 정도 결정권이 있는 지금도 더 쥐어짜려 아등바등하는 자신의 모습에 왠지 모를 씁쓸함과 자괴감이 든다.

배정후는 책상 서랍에 놔둔 담배와 라이터를 들고 일어나며 앞쪽에 앉은 여직원에게 말했다.

"이 대리, 옥상에 갔다 올 테니 사장님 오시면 연락해줘."

"실장님, 담배 끊으셨잖아요?"

"참은 것뿐이야."

회사 내에서 유일한 흡연구역인 옥상에 올라가자 몇 명의 직원이 담배를 피우다 인사를 한다.

"후우~"

스트레스가 쌓였을 때 흡연을 하면 더 좋지 않다는 연구결

과가 있다는 뉴스도 있었지만 담배연기를 내뿜는 순간만큼은 스트레스가 연기가 되어 날아가는 느낌이다.

배정후는 습관적으로 빨고 뿜기를 반복한다. 그러자 머리가 어느 정도 정리가 되는 듯했다.

이젠 예전처럼 자신의 실적을 위해 무리하게 하진 남을 억압하진 않을 생각이다. 그러나 월급을 받으려면 할 일은 해야 했다.

─우우우웅~ 우우우웅~

재떨이에 담배를 비벼 끄고 아래로 내려가려는 찰나, 전화기가 울린다.

흥산그룹 회장의 비서실장으로 비서실 출신이 아닌 배정후를 마땅찮게 생각하는 인물이었다.

"네, 이사님."

─자네, 대양건설에 대한 얘기 들었나?

어제 박무찬에게 들은 바가 있어 회장의 비서실장이 말하고자 하는 것을 금새 알아들었다.

하지만 짐짓 모른 척 물었다.

"…무슨 말씀이신지?"

─대양건설의 사장이 바뀌었어. 그리고 새로운 사장이 화성건설에 계약무효화 소송을 제기했어.

"새로운 사장은 누굽니까?"

─송지훈이라고 전(前) 사장의 고문변호사더군. 그자에 대

해 알아보니 법조계에선 꽤 유명한 모양이야.

"그렇군요. 한데 저에게 어쩐 일로 전화를……?"

―자네가 계획한 일 아닌가?

"……."

계획은 했다. 하지만 실행 단계에선 필요 없다고 배제할 때는 언제고 이제 와서 계획했으니 문제를 해결하라니 기가 찰 따름이다.

―화성건설에서는 맞소송을 할 생각이던데…….

"소용없습니다. 적당히 구슬려서 재계약하는 게 현재로서는 제일 좋을 것이라 생각됩니다."

―계획을 포기하자는 말인가?

"예."

―회장님께서도 주의 깊게 보고 계시는 이번 일에 포기하자는 말이 쉽게 나오나?

'포기라는 말은 니가 썼잖아! 이 새끼야!'

가슴에서 뭔가가 울컥 치솟았지만 그룹차원에서 보자면 언제든 잘릴 수 있는 파리 목숨이었기에 침착하게 설명을 한다.

"소송이 시작되면 최소 1~2년은 넘을 겁니다. 문제는 베트남의 건설을 아예 손을 놓고 있어야 한다는 소리인데…"

―다른 업자를 찾는다면?

"대양건설처럼 계약할 업자가 있느냐가 문제입니다. 대양

건설과 다른 조건으로 계약을 한다면 소송에서 분명 패배할
겁니다."

―길이 없다는 얘기군?

"양일수가 사장자리에서 쫓겨났으니까요."

―알았네. 회장님께 자네의 의견을 전달하지.

배정후는 기가 막혔다.

그리고 마치 자신에게 책임을 떠넘기려는 듯한 느낌에 화
까지 났다.

"이사님! 그 일은 담당하던……."

―비록 세호 도련님이 시작한 일이지만 마무리는 자네가
해야지. 그게 비서로서 할 일 아닌가?

"……!"

―나도 최대한 신경 쓸 테니 큰 처벌은 없을 걸세.

그 말을 끝으로 전화는 끊어졌다.

으득!

업무용으로 수많은 이들의 연락처가 저장되어 있다고 이
성이 말하지 않았다면 들고 있던 스마트폰을 던져버렸을 것
이다.

하지만 그게 끝이 아니었다.

다시 진동하는 스마트폰.

이번엔 신세호였다.

―배 실장, 아버지가 본사로 들어오라는데 뭐 아는 거 없어?

배정후는 방금 전에 자신이 들은 얘기를 가감 없이 해준다.

―계획이 실패라고? 아~ 씨바! 어쩌자고 일을 그렇게 한 거야!

"……."

―젠장! 또 잔소리 듣게 생겼네. 다른 방법이 없나 잘 좀 생각해봐! 끊어! 아, 닝기미 일도 제대로 못하는 새끼에게 일을 맡겼으니…….

전화가 끊어지기 전 혼잣말로 욕하는 신세호의 목소리가 이성을 마비시킨다.

"으아아아! 이 개새끼들!"

팍!

딱딱한 바닥에 부딪힌 스마트폰은 산산조각이 나며 비산한다.

"허억! 허억!"

배정후는 거친 숨을 몰아쉬며 부서진 스마트폰을 바라본다. 시간이 약이랬다고 서서히 그의 숨은 원래대로 돌아온다.

그리고 주변을 돌아보는 그의 눈빛은 아까보다 더 차갑게 변해 있었다.

그의 고함 소리에 다들 내려갔는지 옥상에는 아무도 없었다.

배정후는 안주머니에 있는 스마트폰을 꺼내 통화기록을 살핀다. 이름도, 설명도 없이 숫자만 달랑 찍혀 있는 전화번호가 보인다.

　배정후는 잠시의 망설임도 없이 손가락으로 그 번호를 누른다.

　—네, 선배님.

　반가운 기색의 목소리가 들린다.

　"하겠다!"

　배정후는 박무찬과 손을 잡기로 했다.

8장

요정에서

　데이트하기 좋은 가을이다. 그러나 해윤이와 노닥거릴 시
간이 없다.

　신수호에게 복수할 시간이 다가오는 만큼 해야 할 일이 많
았다.

　"미안."

　"괜찮아. 미리미리 알아두면 나중에 편하잖아?"

　"나중에 뭐가 편해?"

　"우리 둘이 나중에 결……."

　"결 뭐?"

　"아, 아니다. 이상한 곳 가지 말고 모임 끝나면 바로 집으로 가 연락해."

무슨 상상을 하는지 귀가 빨개진 해윤은 얼굴도 못 마주치고 부끄러워한다.

사귄지 얼마나 되었다고 벌써부터 결혼에 대해 생각하는 해윤을 보니 귀여우면서도 한편으로 한숨이 나온다. 하지만 지금은 아무 말 없이 보내주는 것으로 만족해야 했다.

"집에 갈 거야? 그럴 거면 집까지 데려다 주고."

"아니. 우니랑 디오네 언니네 가서 놀 거야."

"만날 거기서 뭐하냐?"

"후후! 비밀."

거의 매일같이 디오네의 집에 가는 해윤. 음모를 가진 사람처럼 웃는 그녀를 보니 왠지 불안하다.

디오네가 제발 쓸데없는 것을 가르치지 않기를 바라며 약속장소로 향한다.

민정숙과 같이 간 파티에서 만난 홍범기와 백정수가 술이나 한잔하자며 부른 것이다.

약속장소인 백정수의 사무실은 여의도 외곽의 7층 건물의 5층에 위치해 있었다.

5층으로 올라가자 (주)골드투자자문이라고 적힌 작지만 고급스럽게 꾸며진 간판이 보인다. 노크를 한 후 안으로 들어간다.

"어서 와라."

"예, 형. 다른 형들은요?"

"네가 일착이다."

"사무실이 단출하네요?"

직원들은 퇴근을 했는지 보이지 않았다.

한강이 보이는 창문 쪽에 있는 소파에 앉으며 처음 와본 사무실에 대한 소감을 말한다.

"좀 그렇지? 그래도 보는 눈이 있으니 조심해야지."

여당 유력 정치인의 아들이자 장래 정치인이 되고자 하는 백정수는 매사에 조심스러웠다.

이런 소규모 투자사를 운영하는 이유도 정치인이 되었을 때를 대비해 재산 형성과정을 투명하게 하기 위해서였다.

"한식 좋아해?"

"네."

"괜찮은 집 예약해 뒀는데 싫어하면 어쩌나 했다."

"하하! 아무럼 어때요."

"안 되지. 오늘의 주인공이 싫어한다면 당장에 다른 곳으로 바꿔야지."

"주인공이라니……. 제가 한 게 뭐가 있다고요."

오늘 만남은 내가 제공해준 정보로 돈을 번 백정수가 고맙다며 부른 것이다.

그가 정보로 번 돈은 1억 남짓.

짧은 기간에 번 돈치고는 적지 않은 돈이지만 사실 백정수의 입장에선 용돈 수준이었다.

다만, 그가 사용하는 용돈이 그의 아버지가 받은 뒷돈, 출처가 불분명하고 떳떳치 못한 돈인 반면에 이번에 번 돈은 정치인이 되었을 때 떳떳하게 밝힐 수 있다는 것에 차이가 있었다.

"나에겐 아주 중요한 일이야. 그리고 앞으로도 잘 부탁한다는 의미의 뇌물이다."

"형도 참… 저녁이 뇌물이라니, 그에 상응하는 선물을 드려야겠군요."

"선물?"

"동진푸드 주식을 확보해 두세요."

"동진푸드? 얼마나? 가격이 비싸 많이 확보하기는 힘들 텐데."

"가급적 1%로쯤은 확보해 두세요. 돈이 부족하다면 투자자를 소개시켜드리죠."

"정말?"

"물론이죠."

땅 짚고 헤엄치기다.

정보를 주고, 투자자까지 소개시켜 준다면 백정수가 할 일은 시간이 지나 이익만 먹으면 되는 일이었다.

"그래만 준다면 정말 고맙지."

백정수는 꽤 감격한 얼굴이다.

하지만 이런 제안을 한 내게 어떠한 의도가 있음을 그도 알고 나도 알고 있었다.

그래서 약속시간보다 1시간 일찍 온 진짜 목적을 밝혔다.

"정수 형, 혹시 기획재정부에 아는 사람 있어요?"

"몇 명 있지. 원한다면 소개시켜 주지."

"혹 장관은……."

"부총리? 얼굴을 뵌 적은 있지만 소개는 어림없다. 아버지께 부탁드린다면 모를까."

백정수에게 장관은 역시 무리였나?

아무래도 해윤의 아버지인 노찬성 회장에게 부탁드려야 할 모양이다.

"제2 차관인 추현진 씨는 소개해줄 수 있다. 뭔가를 부탁하려면 실무진인 차관이 더 좋을 거야."

"그래요?"

장관이 은행장 선임권을 가지고 있을 것이라 생각해 무작정 그를 만나려 했는데 차관을 먼저 만나보는 것도 괜찮을 것 같았다.

"그럼 추현진 씨와 만나게 해주세요."

"그건 어렵지 않지. 한데 무슨 일로? 혹시 대양건설 문제 때문이냐?"

"그건 아니에요. 형을 곤란하게 만들 일은 없을 겁니다. 이유는 나중에 말씀드릴게요."

"그래."

삼촌은 홍산그룹이 막으려 했지만 대양건설과 화성건설 간의 문제를 뉴스에 나올 만큼 키웠다.

그에 일반인들은 대양건설이 사기를 당했다고 생각하는 이들이 많았다.

반면 홍산그룹의 입김이 닿는 곳은 그들의 편이었다. 백정수의 아버지도 홍산그룹에 가까웠기에 난 미리 대양건설 얘기가 아님을 못 박았다.

"여어~ 무찬이가 일착이네."

"어서 와."

"형들, 어서 오세요."

잠시 후, 홍범기와 일행들이 차례차례 도착했다.

"다 왔으니 출발할까?"

백정수가 소파에서 일어나며 말했지만 홍범기는 여전히 앉은 채로 말했다.

"아직 한 사람 안 왔다."

"누구? 더 올 사람 있어?"

"정휘도 오기로 했다."

왕정휘는 모임에서 만난 사람으로 나처럼 이들 모임의 회원이 되었다.

한데 미국에 취업 때문에 모임 후 이주 뒤 미국으로 떠났다.

"취직은 하셨대요?"

"힘든가 보더라. 미국 증권가가 요즘 불황이잖아. 기존에 있던 사람들도 잘리는 마당이니 쉬울 리가 없지."

"그럼 한국으로 완전히 들어오는 거래요?"

"글쎄? 나도 잘은 모르겠다. 미국에 있어봐야 뾰족한 수가 없으니 한국에서 자리를 잡으려는 것일 수도 있겠지."

"미국보단 차라리 여기가 낫죠. 우리가 도와줄 수도 있으니까요."

"그야 걔 사정을 모르니 알 수 없는 일이지. 어쨌든 휘정이 오면 모른 척들 해라."

"그야 당연하죠."

심심할 땐 남 얘기하는 게 재미있다더니 나쁜 얘기는 아니었지만 왕휘정이 올 때까지 그에 관한 얘기로 시간을 보낸다.

"제가 좀 늦었죠?"

서글서글한 얼굴 생김새와 달리 쭈뼛거리며 사무실로 들어오는 왕휘정.

"어서 와라."

"어서 오세요. 형, 말씀 놓으시라니까요."

"천천히……."

왕휘정은 백정수와 홍범기와는 동갑이라 말을 트고 지냈지만 나머지에겐 쉽게 말을 놓지 않았다.

나이 차이가 많이 나는 나를 제외하곤 말이다.

"무찬이 잘 지냈지?"

"예, 형. 한국에 오셨다는 얘기를 방금에서야 들었네요."

"하하……. 오늘 새벽에 도착했다."

"한국에 온 김에 푹 쉬었다 가세요."

"글쎄……. 그게 될까 모르겠다. 어쨌든 오늘은 재미있게 놀자."

씁쓸함이 느껴지는 말투였다.

이유는 아까 일행들과의 대화에서 알 수 있었기에 모른 척 넘어갔다.

"다 왔으니 출발하자! 오늘 집에 갈 생각은 하지 않는 게 좋을 거다."

사무실을 잠그고 우리는 예약해둔 곳으로 향했다.

＊　　　＊　　　＊

제2 차관과의 만남은 백정수에게 말한 후 정확히 5일 만에 이루어졌다.

그가 좋아하다는 고래 고기집도 백정수가 소개시켜줬기에 만남은 좀 더 편안한 분위기였다.

"이집 고기 어떤가?"

"아주 좋습니다."

개뿔, 좋긴…….

바다향이라면 아주 신물이 넘어올 지경이다.

하지만 아쉬운 건 내 쪽이니 최대한 기분을 맞춰줄 수밖에 없었다.

물론, 맞춰주며 틈틈이 최면을 걸어 나에게 호감이 가게 하는 건 잊지 않았다.

"이곳만큼 맛있는 고래 고기를 먹을 수 있는 곳이 없지."

"그렇습니까?"

"이곳 주인을 내가 잘 아는데 전국 항구에 고래가 잡히기도 전에 선금을 걸어둔다더군. 그리고 요리사는……."

이 음식점 홍보담당이냐?

반주 몇 잔이 들어가자 식당 주인과 주방장에 대한 칭찬에 열을 올린다.

도무지 얘기를 끊고 찾은 목적을 말할 틈이 보이지 않는다.

기껏 쌓아올린 신뢰도를 잃을 수 없어 식당에선 그냥 밥만 먹기로 했다.

"정수 형에게 좋은 술집을 소개받았는데 그쪽으로 자리를 옮기시겠습니까?"

"허허! 그렇게 하지. 자네를 처음 만났지만 왠지 친근한 느낌이야."

어깨까지 툭툭 치며 친근함을 표하는 추현진과 요정이라 불리는 곳으로 갔다.

"어머! 차관님, 오랜만에 오셨네요? 무찬 씨도 어서 와요."

마담은 지난주 백정수 일행과 한번 왔는데 용케 내 이름을 기억하고 있었다.

"그동안 공사가 다 망했지. 수련인 잘 있지?"

"호호호! 차관님 언제 오시나 목 빠지게 기다리고 있었어요. 이른 시간이라 준비할 시간이 필요하니 술들 드시고 계세요."

안내 받은 곳은 지난번보다 작지만 좀 더 조용한 곳이었다.

신경을 거슬리게 하는 뭔가가 있었지만 짐짓 모른 척하고 상이 차려지고 종업원들이 나가길 기다렸다.

"한잔 받으십시오."

"그러지."

둘만 있게 되자 술을 따르며 말할 타이밍을 노렸다.

그런데 식사 중에는 자신을 찾은 이유에 대해 일언반구도 묻지 않던 추현진이 몇 잔 돌자 먼저 말을 꺼냈다.

"마음이 통하는 자네와 밤새 술을 먹고 싶지만 가정이 있다 보니 늦게까지 술을 마시는 게 눈치가 보이더군. 그래서 묻겠네. 나에게 할 말이 있어서 만나자고 했을 텐데 무슨 일인가?"

"그렇게 말씀하시니 실례를 무릅쓰고 묻겠습니다. 혹 우량은행 은행장 임명권이 어느 분에게 있습니까?"

"우량은행 은행장 임명권?"

"네."

"그야 당연히 지주회사에 있지 않겠나……?"

"당연히 지주회사에 있겠지만……."

원론적인 얘기를 하면서도 은근한 태도를 보였기에 말을 이었다.

"도움이 될 만한 분이 있나 해서 묻는 것입니다. 이미 내정되었다면 어쩔 수 없지만 그게 아니라면 차관님께서 도움을 주셨으면 합니다."

"흠! 내가 무슨 힘이 있다고……."

추현진은 말을 끝으로 생각에 잠긴 채 술을 마신다. 그리고 주전자에 담긴 술 한 병을 거의 비웠을 때 비로소 입을 연다.

"정수의 소개로 왔으니 솔직히 말함세. 어느 정도 알아보고 왔겠지만 나보다 윗선에서 이루어진다네. 내가 해줄 수 있는 건 아무것도 없어."

"차관님보다 위라면……?"

"우량은행건은 장관님이 결정하셨지."

장관이라…….

그보다 위가 아닌 게 다행인가?

"그럼 이근후 부행장으로 확정된 것입니까?"

"그렇다네."

"바뀔 가능성은 없습니까?"

"모르지. 우리야 지시를 받은 것뿐이니까."

불가능한 건 아니라는 말이다.

가능성이 보였기에 난 준비해 왔던 노란색 서류봉투를 꺼내 추현진에게 꺼냈다.

"이게 뭔가?"

"한번 보십시오."

"……."

1억 원짜리 무기명채권이 든 봉투를 열어본 추현진은 잠시 생각을 하는 듯하다가 다시 내 쪽으로 민다.

난 봉투를 다시 밀며 말했다.

"성공한다면 4장을 더 드리겠습니다. 물론, 실패한다고 해도 이것은 그저 오늘 좋은 말씀에 대한 성의라고 생각해주셔도 됩니다."

탈이 생길 돈이 아니라는 걸 알았는지 이번 고민은 길지 않았다.

추현진은 재빨리 봉투를 챙기며 말한다.

"자네가 미는 은행장 후보가 누군가? 내 할 수 있는 한 돕지."

"유성구 후보입니다."

"유성구 후보라면 손색이 없는 사람이지. 다만… 이근후 후보의 뒷배가 너무 좋아."

"가능하겠습니까?"

"장관님과 어떤 관계에 있느냐가 중요하지. 돈에 얽혀 있다면……."

뒷얘기를 삼켰지만 이해했다.

"지금 드린 것과 같은 것으로 50장까지 드릴 수 있습니다."

"오, 오십 장!"

"추가로 들어가는 비용이 있다면 어느 정도까지는 감수할 수 있습니다."

"도대체 유성구 후보가 은행장이 되면 자네에게 무슨 이득이 있다고 그 돈을?

"은혜를 갚기 위해서랄까요."

"도대체 어떤 은혜를 입었기에……."

난 더 이상은 말하지 않았고, 그도 묻지 않는다.

"내 알아보는 데까진 알아보고 연락을 주겠네."

"부탁드립니다."

아직 이렇다 할 얘기꺼리가 없었기에 대화는 길지 않게 끝났다.

테이블에 있는 벨을 누르자 요정마담이 문을 살짝 열고 빙긋 웃으며 묻는다.

"담소는 끝나셨어요?"

"네."

"그럼, 얘들 들일게요."

"그러시죠."

벨을 눌렀을 때 이미 준비가 되었는지 한복을 입은 아가씨 둘이 들어왔다.

"수련이에요."

"가인이에요."

차관을 자주 접대한 듯한 수련이라는 아가씨와 지난번 날 접대했던 가인이라는 아가씨가 각각 자리에 앉자 분위기는 한결 가볍게 바뀐다.

"아잉! 자주 좀 놀러오세요, 차관님."

"핫핫핫핫! 요즘 좀 바빴어."

호탕한 웃음소리와 교태로운 웃음소리가 뒤섞인다.

결코 좋아하는 분위기는 아니었지만 상대방을 배려하지 못할 만큼 어리석지는 않았다.

분위기는 금새 후끈 달아올랐고, 우리는 짧은 술자리는 끝내고 각자의 파트너를 데리고 후원의 방으로 안내되었다.

"오늘은 할 거예요?"

가인은 아까 술자리 분위기를 맞추기 위해 과하게 손을 쓴(?) 나에게 살짝 달아오른 얼굴로 묻는다.

"아니. 지난번처럼 얘기나 하자."

"……네."

육체적 노동(?)을 하지 않게 되었다는 것이 기쁘지 않은 건지 표정이 묘하다.

"마담 언니가 알면 혼나니까 씻기는 할게요."

"그래."

가인은 한복을 몇 번의 손동작으로 모두 벗는 신기한 장면을 굳이 내 앞에서 보여준다.

그럼에도 내가 반응이 없자 자존심이 상한 얼굴로 샤워실로 들어간다.

가인도 꽤나 미인이다.

하지만 그뿐이다.

내 곁엔 워낙 초절정의 미인 둘이 있기에 미모에 대한 저항력은 최고수준이다.

왜 둘이냐고?

해윤이는 그저 귀여운 스타일이다. 그저…….

가슴만 야할 뿐이다.

가인이 샤워를 하는 동안 난 불곰에게 전화를 걸었다.

―형님! 잘 지내셨습니까?

여전히 부담스러운 동생(?)이다.

하지만 그에게 할 말이 있었다.

"지금 시간 좀 되냐?"

―없어도 만들어야죠. 어디십니까? 당장 가겠습니다.

"…애들 몇 명 데리고 내가 있는 곳으로 와줘야겠다."

―바로 가겠습니다!

어딘지는 알고 있는 거냐?

설레발을 치는 불곰에게 내가 있는 곳을 알려준 후 전화를 끊었다.

"마담은 어떤 사람이야?"

여자의 자존심인지 샤워를 마친 가인은 수건 한 장만 달랑 걸친 채 옆에 앉는다.

향긋한 내음이 코를 간지럽게 만들었지만 딱히 한 곳으로 피가 몰리지는 않는다.

나의 담담한 태도 때문인지 가인의 목소리는 한 톤이 올라간 채 나온다.

"혹시 마담 언니에게 관심 있어요? 그렇다면 포기하는 게 좋아요. 지금까지 언니가 손님 접대하는 걸 본적이 없어요."

"오해 마. 젊어 보이는데 이런 곳을 운영하고 있기에 물어본 것뿐이니까."

"그, 그래요?"

손을 어깨에 올린다. 그리고 눈을 똑바로 쳐다보며 최면을 걸었다.

내 손짓과 눈빛에 가인은 곧 눈이 몽롱해진다.

"다시 묻지. 마담은 어떤 사람이지?"

"…좋은 언니예요. 돈도 넉넉히 주고 힘들 땐 도움도 많이 주거든요."

"그렇다니 다행이네. 한데 이상한 점은 없어? 가령 비밀리에 만나는 사람이 있다든가 하는 것 말이야."

"모르겠어요. 다만 언니가 좋아하는 사람이 있는 것 같아요. 그분이 오시면 꼭 언니가 시중을 들거든요."

"어떤 사람인데?"

"조금 차가워 보이는 것을 제외하면 꽤 멋있어요."

남자에 대해 설명이 이어졌지만 가인의 주관적인 표현이었을 뿐이다.

이후엔 더 이상 특별한 것이 없었다. 그래서 잠을 재웠다.

'어느 쪽일까?'

내가 굳이 불곰을 부르고, 가인에게 최면을 걸어 마담에 대해 물어보는 이유는 별채에 들어갔을 때 느낀 이상함 때문이었다.

은밀한 대화를 할 수 있는 그곳의 지하에 비밀스러운 공간과 사람의 인기척이 느껴져서였다.

밖으로 나와 마담이 있는 곳으로 갔다. 손님들이 본격적으로 오기 시작했는지 무척 부산해 보였지만 가만히 서서 기다리자 말을 걸어온다.

"재미있게 놀았어요?"

"덕분에요. 잠깐 둘이 얘기 좀 할 수 있을까요?"

"혹… 가인이가 실수를 했나요?"

"그럴 리가요."

"지금 바쁠 때라 5분 정도밖에 시간이 안 되는데 괜찮겠어요?"

"충분합니다."

"그럼 이쪽으로."

마담의 사무실은 작지만 고전과 현대가 조화된 깔끔한 곳이었다.

"할 얘기라는 게 뭐죠?"

"저와 차관님이 한 대화내용을 삭제시켜 줬으면 좋겠군요."

"…무, 무슨 말이죠?"

시종일관 웃는 얼굴을 짓던 마담은 순간 얼굴에 당혹감이 일어난다.

"무슨 말인지 저보다 잘 아실 텐데요."

"도대체 알 수 없는 말이군요. 아무리 손님이라도 이렇게 터무니없는 말을 하면 곤란해요."

그녀의 당황함은 잠시였다.

연륜과 직업의 영향 때문인지 금새 신색을 바로하고 조곤조곤 말한다.

"전 조용히 해결되길 바랍니다."

"저 역시 마찬가지예요. 자꾸 생떼를 부리시면 무찬 씨에게 좋을 것이 없어요."

"과연 그럴까요?"

일을 크게 벌일 생각은 없었다.

다만 누가 이곳을 통해 정보를 모으고 있는지 모르지만 나와 차관의 대화는 결코 흘러나가서는 안 된다.

그렇지 않아도 조심스럽게 주식을 매수하고 있는데 상위 0.01%에 들어가는 신세호의 집안이 이 정보를 듣기라도 한다면 나의 화려한 복수가 완성되기도 전에 끝을 내야 할 터였다.

내 복수를 방해하려는 자를 내버려둘 수는 없다.

"5분이 지났군요. 이만 나가주겠어요?"

"죄송합니다만 해결되기 전까진 나갈 수가 없습니다."

"박무찬 씨!"

"왜 그러시죠?"

"…도저히 말로 해서는 안 되는 사람이군요."

마담은 책상 밑에 있는 벨을 눌렀고, 난 호주머니에 있는 전화기의 통화버튼을 눌렀다.

먼저 도착한 이들은 검은 양복을 입은 두 사람이었다.

"정중하게 밖으로 모셔요. 무찬 씨, 오늘 일은 서로 잊기로 해요."

"저도 그랬으면 좋겠군요."

마담은 물러나지 않는 내 행동에 잠깐 인상을 쓰곤 두 사내에게 눈짓을 한다.

양옆에서 날 붙드는 사내들.

물리치는 건 쉬운 일이었지만 그들의 행동 그대로 내버려뒀다.

굳이 내 실력까지 소문 낼 필요는 없었다.

막 사무실 밖으로 쫓겨나려고 할 때 누군가가 급하게 달려오고 있었다.

"어, 언니!"

"웬 호들갑이야?"

"저, 저… 밖에 가보셔야겠어요."

"지금 바쁜 거 안보이니?"

"그, 그게 아니라…….."

"하하하! 여기 있었… 냐? 혀… 하하하!"

부하 몇 명을 데리고 불곰이 나타났다.

형님이라고 부르면 혀를 잘라버린다고 협박을 해서인지 그럭저럭 연기가 볼만하다.

좁은 사무실은 어느새 덩치들로 발 디딜 틈도 없었고, 싸늘한 긴장감이 맴돈다.

"도, 도대체 당신들은 누구죠?"

"우린 이 혀… 친구가 중요한 얘기가 도청당한 것 같다고 해서 도와주러 온 사람들이오."

"……."

불곰이 평소처럼 말했지만 마담에게는 고압적으로 들렸는지 몸을 움츠리며 검은 양복 입은 사내를 바라보았다.

그러자 검은 양복의 사내가 나선다.

"계속해서 당신이나 이 청년이 하는 말도 안 되는 소리를 우리가 들어줄 이유는 없소! 여기서 소란 피우지 말고 당장 나가시오."

"말도 안 되는 소리라굽쇼? 이 친구 얼굴이 거짓말할 얼굴로 보입니까?"

죽고 싶나, 불곰? 얼굴에서 손 치워라.

이 상황을 은근히 즐기는 것 같은 불곰을 잠시 째려봐 주고 일촉즉발의 상황을 정리하기 위해 나섰다.

"복잡하게 생각할 것 없이 그 장소로 가서 확인해 보면 되지 않겠습니까? 가서 없다면 오늘 일은 백배사죄하겠습니다."

"…이 사람들 좋은 말로 하니까 정말 안 되겠군. 지금 후원에 어떤 손님들이 와 있는지 알기나 해? 그리고 이곳이 어떤 곳인 줄 알고 이러는 거야? 양아치들이 함부로…….."

"뭐! 양아치? 이 새끼가 불곰 형님이 좋게 말해주니 눈에 빼는 것이 없냐?"

검은 양복 사내가 내 말에 발끈했고, 또 그의 말에 불곰의 동생들이 발끈한다.

그에 다시 불곰이 목소리를 높인다.

"야 이 새끼야! 내가 말하고 있는데 누가 나서래!"

"죄송합니다, 형님!"

"이 앙다물어!"

퍽! 퍽!

"큭!"

공교롭게도 불곰의 주먹질에 튄 피가 마담의 책상 위에 뿌려진다.

위화감을 주기 위한 어설픈 연극 같은 행동이었지만 분위기는 충분히 냉각된다.

그와 함께 주변에 하나둘 사람들이 구경을 하면서 수군거리는 소리도 커져갔다.

"대화를 다시 시작하는 게 어떨까요?"

"……."

소란스럽게 되면 곤란한 건 자신이라는 걸 아는지 마담은 마지못해 고개를 끄덕인다.

마담의 작은 사무실은 나와 그녀, 그리고 검은 양복의 두 사내 사람만 남고 다시 조용해졌다.

"불곰인지 백곰인지는 왜 합석을 안 한 거지?"

"조용히 해결하기 위해서라고 해두죠."

"흥! 우리가 너희들이 무서워서 이러는 게 아니라는 건 알아둬!"

마담의 경호원으로서의 자존심 때문인지, 배경에 대한 자부심 때문인지 검은 양복을 입은 사내의 말투가 곱지 않다.

"그렇다고 해두죠."

"뭐? 이……!"

"그만해요!"

한 대 칠 듯이 굴던 사내의 모습에 결국 마담이 소리쳤고, 대화할 분위기가 만들어졌다.

"좋아요. 우리가 감청을 한다고 해요. 한데 무찬 씨는 어떻게 그 사실을 알게 된 거죠?"

"제가 좀 민감하거든요. 누군가가 감시를 하거나 도청을 하면 몸이 근질거리죠."

"그 말을 믿으라는 건가요?"

"안 믿을 수가 없을 텐데요?"

"…그렇군요. 좋아요, 인정하죠."

"마담!"

사내가 말을 하지 못하게 손을 들어 제지한 후 말을 잇는다.

"원하는 게 뭐죠?"

"차관님과 제가 한 대화를 내용을 없애주세요. 물론, 머릿속에서도요."

"그것이면 되나요?"

"예."

"알았어요. 당장 없애죠. 확인하겠어요?"

"아뇨. 약속했으니 믿죠."

"지우는 장면이라도 확인하자고 할 줄 알았는데… 아까 태도와는 사뭇 다르군요."

"하하! 소문이 나면 탓할 곳이 있으니 좋잖아요."

"그런 일은 없을 거예요. 대신 여기에 대한 소문이 나게 되면……."

표독스런 표정으로 뒷말을 삼킨다.

"저 역시 그럴 일은 없을 겁니다."

정작 경고를 하고픈 건 나였지만 얌전히 수긍한 후 일어났다.

"참! 사람 붙이지 마세요. 아까도 말했듯이 제가 좀 민감하거든요. 그땐 오늘 약속이 깨진 걸로 알겠습니다."

문을 닫고 나오자 자신들끼리 속닥거리는 소리가 들렸지만 문제가 될 것은 없어보였다.

"얘기는 잘 끝났습니까?"

"덕분에."

"하하핫! 제가 한 일이 뭐가 있다고요."

밖에서 기다리던 불곰은 내 말에 생긴 것 같지 않게 활짝 웃으며 부끄러워한다.

"괜찮냐?"

"…예! 큰 형님!"

아까 불곰에게 맞은 녀석에게 말을 걸자 잔뜩 긴장한 표정으로 답을 한다.

그는 오늘 일의 최대의 피해자였다.

"병원에 가서 며칠 쉬어라."

"아닙니다. 이 정도는 술만 마셔도 낫습니다!"

"그럼 내가 술을 사지."

"여, 영광입니다."

"영광은 무슨……."

미안함에 술을 사겠다는데 영광이라며 90도로 허리를 꺾는다.

　참으로 익숙해지지 않는 행동들이다.

　"형님! 술 사신다는 거 후회하실 겁니다. 이놈들 보통 말술이어야지요. 하하하하!"

　일행과 요정을 벗어나 술집으로 향했다.

　비록 익숙해지지 않는 이들이었지만 차관을 대접할 때와는 달리 한결 편안한 술자리가 될 것 같아 기분은 나쁘지 않았다.

9장

실마리

　더웠던 가을 날씨가 어느새 쌀쌀해져 겨울이 멀지 않았음을 알려준다.

　그와 함께 신수호에 대한 복수의 날도 다가오고 있었다.

　"오늘도 약속 있어?"

　"…응."

　"박무찬! 너 요즘 너무한 거 알아 몰라?"

　"잘 알지. 그래서 내일은 시간을 완전히 비워뒀어."

　"…정말?"

　"그럼. 내일은 온종일 같이 놀자."

　"이번에도 약속 펑크만 내봐. 그냥 확……!"

"봐줘. 대신 내가 선물 줄게."

디오네가 미국에 갔다 오며 챙겨준 선물을 꺼내 해윤의 입을 막는다.

"뭐야?"

"풀어봐."

뭔지 모른다. 디오네도 뭐라 말하지 않았고, 예쁘게 포장된 것이라 그녀가 건네준 그대로 준 것이다.

"어머! 예쁘다. 엄청 비싸 보이는데……."

디오네가 선물을 한다고 했을 때부터 짐작은 했지만 한눈에 봐도 비싸 보이는 목걸이다.

"비싼 건 둘째치고라도 너에게 잘 어울릴 거야."

나중에 어떤 일이 있을지 몰라 두루뭉술한 말로 답을 했다.

"채워줘."

"그래……."

얼굴을 붉히며 목덜미를 맡기는 해윤.

다른 사람이 보기엔 꽤나 고혹적인 모습일 텐데 나에겐 괜스레 쓴 웃음이 나오게 한다.

나무넝쿨로 타인의 목을 조르던 내가 여자 친구에게 목걸이를 걸어주고 있다니 어느 정도 사회에 적응했다고 생각했는데 착각이었나 보다.

해윤을 보내고 오늘 해야 할 일을 위해 차를 끌고 약속장소로 향한다.

"어서 오십시오, 형님."

강북 수유리에 있는 허름해 보이는 3층 건물 앞에 도착하자 안면이 있는 녀석이 인사를 한다.

"불곰 형님은 안에 있습니다."

난 살짝 고개를 끄덕이곤 몇 번이고 왔었던 건물 안으로 들어갔다.

내가 가진 힘만으로 거대한 동진푸드를 빼앗으려 했었다.

하지만 일이 진행될수록 다른 사람들의 도움 없이는 힘들다는 걸 깨달았다.

그 깨달음을 처음 느끼게 해준 이가 바로 지금 들어서는 건물의 주인이었다.

"어, 어서 오게!"

건물주의 사무실에 들어가자 불곰 앞에 죄지은 듯 앉아 있던 그가 반갑게 날 맞이한다.

지난번 방문했을 때와의 태도완 천양지차다.

"무슨 일로 바쁜 사람 오라고 하셨습니까?"

난 불곰이 눈인사를 하는 걸 모른 척하며 무뚝뚝하게 물었다.

"이 사람아, 자네가 원하던 주식을 팔려고 불렀지."

"이젠 필요 없는데요."

"허어, 일단 앉게. 앉아서 얘기하지."

가련해 보일 정도로 살갑게 구는 건물주가 가진 동진푸드의 주식은 0.4%.

전체에 비하면 얼마 되지도 않은 주식이지만 나에겐 꼭 필요했다.

그래서 구매의사를 밝혔을 때 그는 매정한 눈빛으로 현 가치의 2배를 불렀다.

돈에 대한 집착 때문인지 최면에도 걸리지 않았고, 그 다음 방문 땐 2.5배를 불러 날 열받게 만들었다.

결국 불곰을 내 일에 끌어들였다.

'이런 일은 저에게 맡기십시오. 한 달 안에 주식을 팔게 만들겠습니다.'

호언장담하던 그의 말처럼 한 달이 되지 않아 오늘 같은 상황이 일어난 것이다.

"이분들은 누굽니까?"

"시, 신경 쓰지 말게. 개인적인 일 때문에 온… 분들이니까."

소파의 상석인 가운데 자리에 불곰이 거만하게 다리를 꼰 채 앉아 있고, 건물주와 난 소파의 좌우로 마주보고 앉은 이상한 상황에서 얘기가 시작된다.

"자네가 사겠다는 가격에 주식을 팔지."

"아까도 말했듯이 이제 필요 없습니다. 그냥 주식시장에

파세요."

"……."

내가 제시했던 금액은 1.5배.

하지만 건물주는 더 받기 위해 어지간히 날 괴롭혔었다.

이젠 내가 그의 애간장을 태울 차례였다.

"1.4는 어떤가?"

"더 할 말이 없군요."

난 자리에서 일어났다.

"자, 잠깐! 1.3으로 하세. 내가 지금 돈이 급해서 처분하는 거지만 나중엔 분명 가격이 오를 주식이라네."

"그럼, 나중에 오를 때 파시죠."

"그, 그건… 어, 어딜 가나? 얘기는 마저 끝내고 가야지."

불곰이 어떻게 했는지 모르지만 나이 든 노인네가 불쌍한 표정으로 옷깃을 잡는다.

그 모습에 결국 내 마음이 약해졌다.

"1.2배 그 이상은 안 됩니다."

"…1.3배로."

"전 이만……."

"그, 그렇게 하세. 대신 돈은 오늘 줬으면 좋겠네."

"당연히 그래야죠."

주식을 넘겨받는 일은 지금까지 시간을 끈 것이 허무할 정도로 순식간에 이루어졌다.

그리고 내가 건물에서 나온 후 얼마 있지 않아 불곰도 밖으
로 나왔다.

"도대체 어떻게 했기에 저 영감이 저렇게 주식을 넘긴 거
지?"

"하하! 그런 것이야 저희들 전문 아니겠습니까? 약점 없는
인간 없다고, 조사해 보니 여자를 무척 밝히더군요. 그래서
여자를 안겨 옭아맸습니다."

"돈 밝히는 그 양반이 여자 때문에 돈을 포기했다?"

"여자를 밝히는 것 말고 또 한 가지가 있었습니다. 바로 영
감의 딸이 꽤 괜찮은 가문과 약혼을 한 상태였습니다."

더 이상 들을 필요가 없었다.

꿩 잡는 게 매라더니 사람마다 잘하는 게 따로 있는 모양이
다.

"그런데, 형님."

"왜?"

"더 낮게 후려치셔도 되게 만들어뒀는데 왜 1.2배나 주셨
습니까?"

"그냥."

몰랐다.

하지만 설령 알았다고 하더라도 더 낮게 살 생각은 없었다.

모순적이게도 내 명령에 피해를 보게 했지만 약간 미안한
감정도 있었다.

그래서 말을 대충 얼버무렸다.

"참! 이번에 작업해서 그 영감에게서 받은 돈입니다."

통장을 내미는 불곰.

"이걸 왜 나에게 주지?"

"형님이 지시한 일이잖습니까. 작업하는데 들어간 비용도 소소합니다."

"됐다."

"아닙니다. 형님 하시는 일에 도움이 되고자 한 일입니다."

"난 주식으로 만족해. 정 쓸데가 없으면 좋은 일에 쓰던가."

"좋은 일이라면……? 아! 알겠습니다. 제가 알아서 처리하겠습니다. 그리고 나머지 일도 조만간 모두 해결될 겁니다."

순조롭지 못한 주식거래는 대부분 불곰에게 맡겨둔 상태였다.

지금처럼만 해준다면 두 달 남짓 남은 복수의 시간 안에 가까스로 내가 원하는 만큼의 주식과 위임장을 받을 수 있을 것 같았다.

"부탁해."

"부탁이라뇨. 명령으로 받겠습니다."

여전히 융통성 없어 보이는 태도의 불곰과 인사를 하고 도청문제가 있었던 요정으로 제2 차관을 만나러 향한다.

　　　　　*　　　*　　　*

　"미안하네."

　제2 차관의 입에서 가장 듣고 싶지 않던 말이 흘러나왔다.

　"장관님과 여러모로 대화를 시도했네만 결정엔 변함이 없을 듯싶네."

　"…그렇습니까?"

　유성구 후보가 은행장이 되지 않는다면 일은 더욱 어렵게 된다.

　아니 지금까지 해오던 일이 모두 허사가 될 가능성이 높았다.

　'실패'라는 단어가 머릿속에 떠오르자 억눌러 있던 분노가 스멀스멀 새어나온다.

　그러나 분노의 상대는 눈앞에 있는 사람은 아니었다.

　"…면목이 없어 자네가 줬던 돈들은 챙겨왔네. 일부는 사용했지만……."

　그에게 그동안 준 돈이 4억이 넘었다. 그러니 돌려주는데 주저함이 많을 수밖에 없을 것이다.

　"아닙니다. 그 돈은 이미 잊었습니다."

　"그래도……."

　"그동안에 저에게 도움을 준 것에 전 만족합니다."

"그 사람 참……."

돈을 돌려주지 않아도 된다고 하자 만날 때부터 굳어 있던 얼굴이 그제야 풀린다.

"한데 이근후 후보를 미는 이유는 알아내셨습니까?"

"글쎄, 알아보려고 노력했지만 그냥 위에서 정했다고만 하니."

"그렇군요. 아직까지 끝난 게 아니니 앞으로도 유성구 후보 편에 서주십시오."

"당연하지! 끝날 때까지 최선을 다하겠네."

기분이 좋은 상태라면 이후의 술자리까지 같이 하겠지만 화가 난 상태라 그에게 여자를 붙여준 후, 난 따로 방을 얻어 술을 마시기로 했다.

"크으!"

새콤달콤한 머루주를 마셨음에도 쓰다.

일이 제대로 풀리지 않음에 분노한다.

복수에 미쳐… 그래, 미쳤다는 표현이 더 어울린다. 정작 내 행복과는 상관없이 움직이고 있는 내 모습에 분노한다.

연거푸 술을 들이켜고 있지만 몸 안의 기운이 순식간에 취기를 날려버려 취하지도 못한다.

─똑똑!

차려진 상의 술을 거의 다 마셨을 때쯤 노크 소리와 함께 마담이 문을 연다.

"아가씨는 필요 없어요?"

도청사건 이후로 몇 번이 이곳에 왔지만 그때 일로 서로 얼굴 붉힌 적은 없었다.

서로간의 비밀을 함께 한 사이라 그런지, 아님 직업의식 때문인지 반찬이라도 한 접시 더 주는 편이었다.

"괜찮습니다. 혹시 시간되시면 한잔 드실래요?"

"호호! 나이든 저라도 괜찮다면 술 두어 잔에 10분 정도는 가능해요."

웬일로 앞자리에 앉는 마담.

비어 있는 주전자를 들더니 술을 주문한 후 따라준다. 나 역시 그녀의 잔을 채웠다.

"오늘은 좀 우울해 보이네요. 제가 잘못 봤나요?"

"제대로 보셨습니다."

"호호! 항상 자신만만한 표정이 웬일로 어두워 보여 하는 말이니 기분 나빠하지 말아요."

"괜찮습니다."

"무슨 일인지 묻는다면 실례겠죠?"

당연히 실례다.

그래서 대화의 주제를 다른 것으로 바꾸려고 할 때 이곳에서 정보를 모으고 있다는 사실을 깨달았다.

"아뇨. 미인이 말을 걸어주니 한결 좋아졌습니다."

"호호호! 미인이라니……."

"한 잔 더 하세요."

"그럴까요?"

10분 정도 가능하다던 마담은 30분이 지나도 나갈 생각이 없어 보였다.

혹 건질 만한 정보가 있을까 해서 최면을 틈틈이 걸었다곤 해도 너무 쉽게 넘어오는 듯했다.

그리고 은근한 스킨십까지.

분위기가 어느 정도 달아올랐을 때 난 그녀의 귀에 속삭였다.

"자리를 옮길까요?"

"그, 그럴까……."

내 말에 당황하며 말을 더듬는 마담을 보고 그녀의 오늘 행동이 어느 정도 계획된 것임을 알 수 있었다.

잔뜩 경계를 하고 있는 사람에게 내 말에 마음 깊은 것까지 말하게 하는 최면을 거는 건 쉽지 않다.

하지만 머리를 마비시키는 고통, 혹은 쾌락상태일 때는 가능했다.

침실로 자리를 옮긴 난 잔뜩 긴장하고 있는 마담을 서서히 무장해제시킨다.

그렇게 하나가 된 후, 거친 신음 소리가 절정에 이르렀을 때 최면을 걸었다.

열락에 빠졌던 눈은 서서히 몽롱하게 바뀐다.

"이름이 뭐죠?"

"…손미정."

"나이는?"

"서른둘이에요."

간단한 질문부터 진행해 신뢰감을 먼저 쌓는다. 그리고 어느 정도 분위기가 됐을 때 중요한 걸 물었다.

"오늘 내게 의도적으로 접근한 거지?"

"…네."

"왜지?"

"회, 회장님이 당신에 대해 알아오라고 지시를 했기 때문이에요."

"회장이 누구지?"

"그건……."

"괜찮아. 우리 사이에 비밀이 있다는 게 우습잖아?"

"아~아! 회, 회장님은… 십인회의 수장이에요."

"십인회?"

"십인회는 과거 정권의 권력자들이 새로운 정부의 권력을 잡으며 만든 집단이에요. 그들은……."

한 번 말하기가 어렵지 입을 연 손미정은 내가 묻는 모든 것에 상세히 답을 한다.

십인회는 쉽게 말해 현 정부의 권력자들과 재벌들의 사적인 모임이었다.

딱히 관심이 없었기에 설명을 중단시켰다.

"그건 그 정도면 충분해. 다른 걸 물어보지. 혹시 기획재정부 장관과 이근후 은행장 후보에 대해 아는 거 있어?"

"두 사람이 여러 번 이곳에 왔었어요."

"무슨 말이 오갔는지 알아?"

"네."

귀가 번뜩 뜨였다. 그래서 다급히 물었다.

"그들이 어떤 대화를 나눴지?"

"무찬, 멈추지 말아줘요."

"…그, 그래."

깊은 최면 상태에서 가능한 일인지 순간 당황했지만 얘기를 계속 듣기 위해 잠시 멈췄던 동작(?)을 계속한다.

중간 묘한 음색과 신음 소리가 함께 들렸지만 듣는 대는 무리가 없었다.

"…이근후 씨가 행장이 되면 홍산그룹에 대출을 해줘야 한다는 내용이었죠. 많은 이익을 보장받았는지 꽤나 화기애애한 분위기였어요."

또 홍산그룹인가? 어지간히 질긴 인연이다.

어쩐지 50억을 준다는데도 거절한다고 했더니 그보다 더 준다는 곳이 있었던 거다.

그나저나 홍산그룹과 관련이 있다면 돈 싸움에서는 내가 아무래도 불리하다.

돈으로 안 되면 권력이 필요한데 과연 부총리 겸 장관의 의견을 바꿀 사람이 있을까? 아니 그보다 그게 과연 그의 의견일 뿐일까, 그보다 위는 아닐까?

벌거벗고 성행위를 하면서도 머릿속은 온갖 상념이 소용돌이친다.

결국 혹시나 하는 마음에 다시 손미정에게 묻는다.

"부총리의 결정을 바꿀 사람이 있을까? 물론 대통령은 제외하고."

"있어요."

"있어?"

"집권여당의 당대표와 원내대표, 그리고 청와대 비서실장님 정도예요."

"그들 중 가장 가능성이 높은 사람은?"

"현 청와대 비서실장님이에요."

비서실장, 그에 대해 오늘 두 번 듣는다.

십인회 수장의 이름으로, 내 계획을 완성시켜줄 이름으로.

"그 사람에 대해 자세히 말해줘."

"그 분은 3공화국의 실세로 5공화국이 들어서면서 외국으로 추방되다시피 나가셨어요. 그러다…(중략)… 자녀분들을 모두 평범한 회사생활을 했어요. 한데 손자들은 자신과 같은 길을 걷기를 바라고 계시죠."

손자를 정치인으로 만들 생각을 하고 있다?

정치자금과 후원할 기업을 이어준다고 하면 가능성이 있지 않을까?

파고들 틈이 보이는 것 같았다.

"손자가 누구지?"

"그는 당신도 잘 아는 사람이에요."

"내가 잘 안다고? 설마……!"

머릿속에 떠오르는 한 인물.

왕휘정!

*　　　　*　　　　*

"어제 몇 시에 들어온 거야?"

디오네와 제시카가 해가 뜨자마자 집으로 온다.

"어서 와. 디아, 제시."

매일 같이 늦는다며 제시가 몇 마디 더 잔소리를 했지만 내 걱정을 하는 줄 알기에 빙긋 웃으며 넘긴다.

"아침 먹고 잠깐 얘기 좀 할까?"

커피를 갖다 주자 한 모금 마신 디오네가 소파에 기대며 묻는다.

"긴 얘기라면 힘들어요. 오늘은 해윤이와 함께 하기로 했거든요."

"잠깐이면 돼."

"그럼 같이 아침 먹고 얘기해요."

"그럴까?"

고개를 끄덕인 디오네는 아침을 우리 집으로 가져오라고 전화를 건다.

그리고 한마디를 더한다.

"한국 음식은 아직까지 적응하기 힘들어서."

잠시 후, 한식과 양식이 한 식탁에 봉구 형까지 다섯 명이 왁자지껄한 아침을 먹는다.

"난 일이 있어 먼저 일어날게요."

"험! 나, 나도……."

밥그릇을 비우자마자 우니와 봉구 형이 일어난다.

데이트가 있는 모양이다.

공식적으로 사귄지 꽤 됐는데 여전히 데이트라는 말을 쓰기 힘든가 보다.

디오네의 메이드들이 식탁을 치우고 집으로 돌아간 후, 셋만 남게 되자 얘기를 꺼냈다.

"할 말이라는 게 뭐예요? 혹 다시 미국에 가야 하는 거라면 조금만 참아요. 12월이면 저도 한가해질 테니까요."

최근에 바쁜 일로 미국에 다녀온 그녀였다.

"이젠 미국 갈 일 없어. 여기서 화상으로 다 처리가 가능하게 해뒀거든."

"그렇다면 다행이고요."

봉구 형의 말에 따르면 요즘 천외천의 움직임이 심상치 않다고 했다.

한국이 조용해지면 —봉구 형이 일으킨 사건으로 파생된 청부살인으로 공항과 항구에 검문검색이 극도로 강화되었다— 천외천에서 누군가 보내겠다는 연락을 받은 것이다.

그래서 가급적 빨리 복수를 마무리하고 한국에서 사라질 생각이다.

"자!"

두툼한 서류봉투를 주는 디오네.

"뭐예요?"

"선물. 직접 확인해 봐."

서류봉투에는 꽤 많은 서류들이 들어 있었다.

내용물을 훑어보던 난 놀란 얼굴로 디오네를 보며 물었다.

"이것 때문에 미국에 다녀온 거예요?"

"겸사겸사. 복수는 네가 한다고 우리더러 가만히 있으라고 했지만 네가 하는 행동을 보고 있자니 안쓰러워서 나서기로 했어."

"……."

"기분 나빠하지 마."

"나쁘지 않아요. 아니, 오히려 고마워요, 디아."

혼자만의 멋진 복수극을 꿈꿨지만 현실의 벽은 힘만으로 해결되는 게 아니었다.

디오네는 내가 필요로 하던 주식과 위임장을 대부분 받아 온 것이다.

"그렇게 생각해 주니 다행이다. 요즘 네 모습을 보면 좀 위태위태 해보였거든."

"그랬어요?"

"응. 복수를 하는 건 좋아, 대신 복수에 너 자신이 먹히지는 마."

날 위해주는 디오네의 말에 가슴 깊은 곳에서 울컥하는 뭔가가 올라온다.

"이곳 일이 끝나면 중국으로 갈 생각이지?"

"네."

"해윤이는 어떻게 할 거야? 헤어질 생각이지?"

"……."

"놀러가는 것도 아니고, 목숨마저 어떻게 될지 모르니 당연한 거겠지. 하지만 그래도 같이 있을 동안은 행복하게 지내."

"그럴게요."

"나도 무지 도왔다고."

"그래. 고마워, 제시."

"피~ 누군 행복하게 지내겠네. 나는 어쩌나?"

부럽다는 듯 묘한 표정으로 바라보는 제시.

둘의 관계는 치료가 목적이었다는 걸 디오네가 확실히 못

박은 후엔 애정표현은 사라졌지만 간혹 얄궂은 말투와 표정
으로 바라보곤 했다.

"참, 안 그래도 디아에게 부탁할 게 있었어요."

"뭔데? 말만해."

"디아 회사에 내가 지정해 주는 사람 취직 좀 시켜줘요."

"어려운 부탁도 아니네."

"연봉을 꽤 많이 줘야 할 거예요."

"얼마나?"

"한 삼백만 달러쯤."

"그 정도야 괜찮은 직책만 주면 별거 아냐. 한데 부탁하는
거 보니까 혹시 이번 일과 관련된 사람이야?"

"맞아요. 유성구 후보를 은행장으로 만들어 줄 사람의 손
자예요."

"한국에서 일하면 더 좋겠네?"

"그렇죠. 앞으로 정치인이 될 생각인가 봐요."

"알았어. 서미혜랑 얘기해서 한국에 자리 하나 만들지
뭐."

"고마워요."

"우리 사이에 별말을 다 하네. 필요한 것 있으면 언제든지
말해."

"그러죠."

이왕 도움을 받기로 한 것 확실히 도움을 받는 것이 좋았다.

티타임이 끝나고 난 해윤과 약속을 지키기 위해 그녀의 집으로 향했다.

　디오네와 제시카 덕분에 간만에 마음 편히 데이트를 즐길 수 있을 것 같았다.

10장

계획의 완성

"정휘 형, 축하해요."

"축하는… 고작해야 면접인데."

"두 명인가 면접 본다면서요. 형이라면 충분히 합격할 거예요."

"그렇게 생각해 주니 고맙다."

"자! 오늘 취할 때까지 마시는 겁니다."

"그래! 죽어보자!"

오늘 만남은 일주일이 넘게 정보를 모아 왕휘정의 할아버지인 왕창일 비서실장을 만나기 위해 마련된 것이다.

그것을 모르는 왕휘정은 내가 권하는 술에 빠르게 취해

간다.

"세계적으로… 유명한 회사인데 과연 합격할 수 있을까? 할아버지께서도 많이 기대하고 계신데……."

"형을 안 뽑으면 누굴 뽑겠어요. 자신감을 가져요, 형! 형은 형이 생각하는 것보다 훨씬 대단한 사람이에요."

"자식… 너밖에 없다."

엘리트 코스를 밟아온 왕휘정은 뛰어난 할아버지 때문인지 자신감 결여되어 있었다.

난 그런 그에게 최면을 통해 과할 정도로 자신감을 불어넣어 준다. 물론, 캐플러투자그룹에 면접을 보게 되었다는 매개체가 필요했지만 말이다.

"야, 박무찬! 3차 가자! 3차는 내가 쏜다. 이쁜 언니들 있는 곳으로 가자."

술집에서 나오자마자 다시 술을 찾는다.

"저도 그러고 싶은데 속 쓰려요. 그냥 제가 잘 아는 해장국집 있는데 거기 가서 한잔 더 해요."

"해장국? MSG 들어간 건 난 못 먹는다."

"그래요? 에구, 해장될 만한 게 있으면 좋겠는데……. 이 시간에 조미료 안 넣는 가게를 찾을 수도 없고……."

"많이 쓰리냐?"

"네. 요 며칠 계속 술만 마시다 보니 속이 말이 아니네요."

"쩝! 어린 녀석이 벌써부터… 그럼 어쩔 수 없지. 우리 집에 가자. 우리 할머니 북어해장국이 이거다."

엄지손가락을 치켜드는 왕휘정의 모습을 보며 난 그가 모르게 웃음 지었다.

그가 집에 가자고 하지 않았다면 어떤 핑계를 대어서라도 가야 했는데 직접 가자고 하니 이보다 좋을 순 없었다.

"늦은 시간인데 괜찮겠어요?"

"그럼! 할머닌 내가 들어올 때까지 항상 기다리고 계신다고. 그리고 마침 할아버지도 안 계시고."

장손으로 할머니의 사랑을 독차지하고 있는 그라는 건 이미 알고 있었다.

하지만 왕휘정도 모르는 것이 하나 있었다. 바로 왕창일이 외국에서 급한 일 때문에 먼저 들어오게 되었다는 것이다.

술자리라 차를 안 가지고 나왔기에 택시를 타고 그의 집인 연희동으로 향했다.

집으로 들어가자마자 왕휘정은 큰소리로 안방으로 보이는 곳을 향해 외친다.

"할머니, 저 왔어요! 친한 동생이랑 같이 왔는데 시원한 해장국이나 끓여주세요."

술에 많이 취해선지 내가 봐도 집안의 분위기가 싸늘할 정도로 조용한데 정작 왕휘정은 느끼지 못한다.

하지만 정작 나온 사람은 옛날 사람으론 상당한 큰 키에 날카로운 안광을 지닌 노인이 나왔다.

"늦게 왔구나."

"하, 할아버지……."

왕창일이 딱히 엄한 눈초리를 보내는 건 아니었음에도 왕휘정은 잘못을 한 사람처럼 말을 더듬는다.

"제, 제 친한 후배입니다. 근처에서 술을 먹다가 집으로 데려왔습니다."

"처음 뵙겠습니다, 박무찬입니다. 늦은 시간에 찾아와 실례가 많습니다."

"…밤이 늦었으니 들어가 쉬어라."

날 흘끗 쳐다볼 뿐 할 말을 다했다는 듯 왕창일은 안방으로 들어가 버린다.

"무찬아, 미안하지만 오늘은 그만 자자. 해장국은 아침에 먹어야겠다."

"괜찮아요, 형. 어른들 쉬시는데 얼른 자죠."

"그래. 대신 내일 아침은 할머니께 말씀드려 시원한 해장국으로 끓여 달래마."

"하하하. 그래요."

왕휘정은 내가 잘 방과 옷을 마련해줬다.

간단히 씻고 옷을 갈아입은 난 침대에 누워 집안에 있는 사람들을 느낀다.

1층 안방에 나란히 누운 두 사람 중 젊은 사람 못지않게 강한 기운을 가진 이가 있었다.

'왕창일이군.'

평온이 자는 듯한 그에게 약간의 살기를 계속해서 실어 보낸다.

왕창일은 살기에 반응해 잠에서 깼는지 한참을 뒤척인다. 그러다 그가 자리에서 일어나는 걸 느꼈을 때 내 방에서 나와 그가 향하는 부엌 쪽으로 간다.

"아……! 제가 소란스럽게 해서 잠이 깨셨나 봅니다?"

"…아닐세. 한데 자네는 왜 자지 않고 밤에 서성이고 있는 겐가?"

"술을 너무 많이 마셨더니 목이 말라 잠이 쉽게 들지 않아 물이나……."

"날 보고자 했던 건 아니고?"

"……."

"아니라면 물마시고 들어가게. 난 잠이 안와 술이나 한잔 해야겠네."

늙은 생강이 맵다고 하더니 눈앞의 노인이 딱 그 짝이다.

과연 내가 저 노인네 앞에서 내 속을 내비치지 않고 협상을 잘 할 수 있을까 하는 생각을 잠시해보다 입을 열었다.

"어르신을 뵐 기회를 찾고 있었는데 오늘 우연히 이렇게 됐는데 마다할 이유가 없지요."

"글쎄, 정말 우연일까? 어쨌든 자는 사람들이 있으니 서재로 자리를 옮기지."

왕창일은 술 한 병을 들고 서재로 향했고, 난 그의 뒤를 따랐다.

"한잔할 텐가?"

"감사합니다."

조르르!

서재는 술 따르는 소리가 크게 들릴 정도로 조용했다.

그리고 그는 술 한 잔 다 마실 때까지 아무 말 없이 술만 마신다.

"날 볼 기회를 찾았다고 했지? 이제 봤으니 할 얘기 있음 해보게."

"한 가지 부탁이 있습니다."

"처음 본 사람에게 부탁이라··· 들어나 보지. 어떤 부탁인가?"

"우량은행 은행장 선출에 힘을 실어주십시오."

"오호! 우량은행이라······. 한데 난 뒤치다꺼리나 하는 힘없는 노인에 불과하네. 그럴 힘이 없어. 물론 설령 그럴 힘이 있다고 해도 공직에 있는 몸이 그런 짓을 할 수가 있나?"

깐깐한 노인네 같으니라고.

사실 이런 오래된 능구렁이 같은 영감과 수 싸움을 할 생각은 없었다.

때론 솔직히 말하는 것이 더 나을 때도 있는 법이니까.

"힘을 써주신다면 그에 대한 답례로 어르신이 원하는 바를

저 또한 돕겠습니다."

"자네도 내 나이가 되어보면 알겠지만 세상 명리에 그리 연연할 나이는 아니라네."

"물론 그러시겠죠. 하지만… 없어지는 것이 있으면 생기는 것도 있는 법이지요. 가령, 본인이 아닌 손주의 입신양명 같은 것 말이죠."

"……."

왕창일의 술잔 든 손이 멈칫한다.

그러나 그건 순간에 불과했다.

"만나길 바랐다더니 나에 대해 많은 걸 알아봤나 보군."

"기분 나빠하지 말아주십시오. 그건 실례를 하지 않기 위한 최소한의 노력이었습니다."

"준비를 하지 않는 자들보단 낫겠지. 그래, 만일 내가 힘이 된다고 했을 때 어떤 걸 줄 수 있겠나?"

"휘정이 형이 이번 면접에 합격을 할 수 있음과 동시에 연봉 삼백만 달러를 받게 될 것입니다. 또한, 대기업의 후원도 있을 겁니다."

"대기업이라면 미지그룹이겠지? 서미혜와 관계가 있다더니 사실인 모양이군."

"사업적인 파트너 그 이상도 이하도 아닙니다."

"아아! 물론 그렇겠지. 대외적으로는 말이지. 난 사실 서미혜와의 관계보다 손주를 미국의 캐플러그룹에 합격시켜주겠다는 것에 더 놀랐네."

"저 역시 저에 대해 상세히 알고 계신 것에 놀랐습니다."

"아무것도 모르는 자와는 대화를 하지 않는다네."

한마디도 지지 않는 노인네다.

"제 제안이 어떻습니까?"

"글쎄……."

술을 마시며 다른 한 손으론 책상을 가볍게 두드리며 생각에 빠지는 왕창일.

조바심내지 않고 기다린다.

그러나 한참을 생각하던 그는 답이 아닌 말을 꺼내 맥이 빠지게 만든다.

"한데 자네가 왜 우량은행의 은행장 선출에 관심을 두는 거지?"

"그건 유성구 후보에게 은혜를 입어……."

"농담은 그만하게."

들을 가치도 없다는 듯 말을 끊는다.

정말이지 정나미 떨어지는 노인네다. 아무리 궁색하다곤 하지만 끝까지 들어는 줘야지.

"우량은행이 소유하고 있는 주식이 필요합니다."

"주식? 혹시 어떤 회사를 인수합병하려는 생각은 아니겠지?"

이 질문에 아무 말도 하지 않았다.

"그렇군. 그래, 목적 없는 투자는 없는 법이니까. 하지만 사회적으로 문제가 커질 일이라면……."

"단언컨대 그런 일은 없을 겁니다."

"다들 그렇게 말해. 하지만 정작 사건이 발생하면 발뺌하거나 거머리처럼 달라붙어 해결해 주길 바라지."

"제가 운영할 게 아닙니다. 손꼽히는 대기업이 경영에 참여할 겁니다."

"그야 두고 볼 일이지. 어쨌든 얘기 잘 들었네. 난 내일 할일이 많아 자야겠어. 자네는 더 마시려면 이곳에서 마시게."

"제 제안에 대한 답은……?"

"성질이 급하구만. 그런 일을 쉽게 결정할 수 있겠나? 결정되면 알려주지."

"……네."

싫다고 해도 더 좋은 제안을 내미는 수밖에 없는 상황에서 나중에 말하겠다는데 뭐라 하겠는가.

그렇게 천천히 나가던 왕창일이 문을 열기 전에 뒤돌아서며 묻는다.

"참, 혹시 거절하게 되면 휘정이는 어떻게 되나?"

거절하면 당연히 면접에서 떨어져야 하지만 이미 친해져 인간적인 관계가 형성된 지금 그럴 순 없었다.

"…연봉의 차이는 있겠지만 떨어지진 않을 겁니다. 형에게 그러고 싶지는 않습니다."

"훗! 그럼 형평성에 맞지 않는 제안이었군. 어차피 합격이니 말일세."

능글거리는 얼굴에 '불합격 될 거야!' 라고 소리치고 싶어진다.

하지만 상상만으로 만족해야 했다.

"이틀 뒤, 고려일보를 보게. 그럼 내 대답을 들을 수 있을걸세."

"네?"

"그럼 쉬게."

그리곤 나가버리는 왕창일.

허락하겠다는 거야, 말겠다는 거야?

하여간 끝까지 머리 아프게 하는 노인네다.

＊　　　＊　　　＊

"신문에 뭐 났냐? 스캔들이라도 터졌어?"

고려일보를 사와 한 시간 가까이 훑어보고 있지만 어디도 내 제안에 대한 답을 찾을 수가 없다.

"어, 진짜 터졌네! 줘봐."

"귀찮게 하지 말고 스마트폰으로 봐요!"

"아, 진짜 치사하게… 아, 알았어. 스마트폰으로 볼게."

살기 도는 눈빛을 보내자 그제야 슬그머니 내 옆에서 벗어난다.

"오빠! 요즘 봉구 오빠한테 너무 막 대하는 거 아냐? 보기에 안 좋아. 내가 해윤이한테 입 벙긋하면 어떻게 되는지 알지?"

"그, 그랬나? 미안. 미안해요, 형."

"괘, 괜찮아. 그럴 수도 있지, 뭐."

가재는 게 편이라더니 우니가 봉구 형의 편을 들 줄은 몰랐다.

조금 당황스럽긴 서운한 마음도 있지만 한편으론 우니가 점점 과거의 그늘에서 벗어나고 있는 것 같아 기쁘기도 했다.

그래서 바로 봉구 형에게 사과를 했고, 봉구 형도 그런 우니의 모습에 꽤나 놀란 눈치였다.

"호호호! 아침부터 재미있게들 노는구나."

"언니 어서 와요. 제시카도."

매일 출근하는 두 여자가 집으로 들어온다.

"한데 무슨 일로 우리 무찬이가 기분이 안 좋은 거니?"

마치 아이를 다독이듯 내 옆에 앉으며 머리를 쓰다듬는 디오네.

"왕창일이 신문에 결정한 것을 싣겠다고 했는데 도무지 어떤 기사인지 알 수가 없어요."

"그래? 내가 한 번 볼까?"

"엥? 한글 알아요?"

"대충 어떤 기산지 네가 설명해 주면 되지."

"나도 할래! 풀면 선물 있는 거야?"

"흠! 그렇다면 나도……."

"……."

제시카도, 봉구 형도, 심지어 우니까지 슬그머니 소파에 둘러앉는다.

"처음 의심되는 기사는 정치면의 인사이동에 관한 기사예요. 내용은……."

새벽부터 읽었던 기사들을 하나씩 말해준다.

"그건 아냐. 패스!"

"내 생각도 그래."

"Me, too."

알고들 지껄이는 걸까?

"…정치면은 이것으로 끝이야. 다음은 경제면. 대통령은 경제계 인사들을 초청하여……."

"다음!"

"새럼정보통신은 차세대 모니터 기술인……."

"다음!"

"철도공사는……."

"다음!"

분석력이 다른 사람보다 뒤떨어진다고 생각해본 적은 없었다.

하지만 몇 번이고 곱씹었던 기사마저 이들은 너무나 쉽게 아니라고 말했다.

"생각들은 하고 말하는 거지?"

"어련히 알아서 할까 봐. 얼른 다음 기사나 말해."

"알았어……."

못 찾기만 하면 가만두지 않겠다는 뒷말을 삼키며 다음 기사로 넘어갔다.

"톱 여배우 A양이 대마초를 피웠다는 기사야. 그래서 연예계 전체로 수사가 확대될 전망이래."

"자세히 말해봐."

"자세히 말할 것도 없어. 대마초를 자주했고, 성생활이 문란했다는 게 다야."

"이거야!"

"내 생각도 그래."

"맞아. 이거네. 이렇게 쉬운 걸 네가 못 찾았다고? 하여간 헛똑똑이… 힘! 뭐 그럴 수도 있지."

네 사람 다 스캔들 기사가 왕창일의 결정이라고 말하고 있다.

"왜 이거라고 생각하는데요?"

"한국엔 모든 일이 연예인의 스캔들로 시작해서, 스캔들로 끝나잖아."

디오네.

"맞아요. 단순하면서도 가장 확실한 방법이에요. 신문에 정보를 싣겠다고 한 분도 오빠가 금새 알아보리라 생각했겠죠."

우니.

"척이면 탁이지. 뜬금없는 연예인 스캔들은 대부분 정치인들이나 기업가들이 뭔가를 감추기 위해 이용하는 거라고."

밉살스런 봉구 형.

그나마 여기까진 좋았다. 마지막 제시카의 말엔 머리가 띵해질 정도로 충격을 받았다.

"나도 금방 알겠다. 무찬이가 강한 만큼 머리가 좋았으면 금상첨화일 텐데……."

그리 나쁜 머리는 아니거든!

"이게 내 제안에 대한 왕창일의 답이라면 다음은……."

난 24시간 뉴스만 하는 고려일보 소유의 방송채널을 틀었다.

…톱배우 A양은 현재 검찰의 조사를 받고 있습니다. 그녀가 고위 관료들과 부적절한 관계를 맺은 사실도 밝혀지고 있는데요. 이에 대한 자세한 소식을 김필두 기자에게 들어보도록 하겠습니다. 김필두 기자!

예! 여기는 검찰청 앞에 나와 있는 김필두입니다. 오늘 새벽, 대마초 흡연 및 소지 혐의로 경찰에 전격 구속된 A양은 지금 현재 검찰의 조사를…….

'톱스타 A양 마약파티?' 라는 자극적인 타이틀을 건 뉴스는 시청자의 시선을 사로잡기 위해 같은 내용을 매 5분마다 말만 바꿔가며 계속한다.

"한 여자 인생이 완전히 가는구나."

"저건 너무해! 아무리 연예인이라지만 사생활까지 저런 식으로 들추어내다니……."

"그러게. 사람은 누구나 실수를 하게 마련인데 인륜을 저버린 범죄도 아닌데 저렇게까지 해선 안 되지."

뉴스를 보며 안타까운지 한 마디씩 한다.

나 또한 나로 인해 벌어진 일 같아 미안한 마음이 들어 TV를 보는 것이 힘들었다.

때마침 전화벨이 울렸고, 난 거실에서 내 방으로 올라가 통화버튼을 눌렀다.

"여보세요?"

─전화를 기다리는데 오지 않아 먼저 걸었네.

왕창일이었다.

"먼저 제 제안을 받아주셔서 감사합니다. 그리고 답변은 조금 전에 알아차렸습니다."

─이런 쪽으로 좀 둔한 편이구만.

너무 단순했거든!

"그런 식일 거라고는 생각을 못해서……."

—쯧! 미안함을 느끼나 보군.

침착하게 말한다고 했는데 A양에 대한 미안함에 말투가 조금 퉁명스러웠나 보다.

—시기의 문제였을 뿐, 어차피 일어날 일이었으니 미안함 따윈 접어두게.

"죄송합니다. 조만간 찾아뵙고……."

—됐네. 서로 간에 약속을 지키면 그뿐이지. 더 이상 이번 일로 볼일은 없을 걸세.

"약속은 확실히 지키겠습니다."

—그거야 알아서 하고. 마지막으로 한마디 하자면 자네의 약속 때문에 제안을 받아들였다고 생각 말게.

"그럼……?"

—휘정이 녀석의 친한 동생의 부탁이니 들어준 것뿐이니까. 과한 선물에 대한 답은 별도로 하지.

뚝!

괴팍한 노인네 같으니라고.

자기 할 말만 하고 끊어버린다.

"조금 남아 있던 인간미가 이번 일을 살린 건가?"

왕창일에게 내가 한 제안은 부족한 건 사실이었다. 십인회의 수장이며 현 비서실장인 그라면 휘정에게 그만큼 해줄 능력은 충분할 것이다.

물론 그가 죽고 난 다음엔 어떻게 될지 모르지만 말이다.

그나저나 선물?

권력자의 선물이라니 한편으론 불안하면서도 다른 한편으로 은근히 기대가 된다.

*　　　*　　　*

"배정후 씨! 여기 좀 도와줘!"

"잠시 이것만 끝내고요!"

중년의 휠체어를 탄 남자가 외치자 배정후는 밝게 웃으며 하던 일을 마무리 짓는다.

한데 역시 휠체어를 탔지만 흰 수염이 거칠게 난 남자가 크게 소리친다.

"허어! 이 사람! 이제는 사장님이 되었다고 몇 번이나 말해!"

"그, 그게 습관이 되어서……. 허허허!"

"아무리 그래도 그러는 게 아냐. 죄송합니다, 배 사장님. 제가 직원들에게 다시 따끔히 말해두겠습니다."

"하하하! 전 괜찮습니다. 그리고 말 편히 하십시오. 비록 사장이라는 직함을 달았지만 처음과 달라진 건 아무것도 없습니다."

"그래도 그건 안 됩니다! 일하는 거야 사장님이 선택하신

일이니 어쩔 수 없지만 위계질서는 확실히 해둬야 합니다."

공과 사를 구분해야 한다는 거친 흰 수염의 사내에 말에 쓴 웃음이 나오는 그였지만 그 또한 자신을 생각해서 하는 말인지라 웃어넘긴다.

"어떤 걸 도와드릴까요?"

"이거… 요. 아무리 봐도 난 도통 모르겠어… 요."

"하하하! 이건 말이죠……."

벌써 몇 번이고 설명한 내용을 다시 설명하는 배정후지만 얼굴엔 찡그림 하나 찾아보기 힘들다.

배정후가 현재 일하고 있는 곳은 '우정리사이클'이라는 회사로 생활에서 나오는 재활용품들을 자원으로 다시 만드는 곳이었다.

홍산유통에서 대양건설 문제로 좌천되었을 때 그는 과감히 회사를 그만두었다.

그리고 집에서 쉬며 박무찬의 약속을 기다리다 봉사활동을 하게 되었고, 우연히 우정사이클에 온 것이다.

배정후는 우정사이클에 와 봉사를 하며 이곳이 문제가 많은 곳임을 금새 알아챘다.

사장이라는 사람이 장애인들을 고용해 정부의 지원금을 받으면서도 월급도 제대로 주지 않았고, 회사 돈을 자신의 용돈 마냥 빼 썼다.

뿐만 아니라 몇몇 직원들은 정신지체를 앓고 있는 여자 직원들을 성추행까지 하고 있었다.

홍산유통에 다니면서 웬만큼 인맥을 다져온 배정후는 그런 꼴을 보고만 있을 수 없었다.

그래서 검찰을 통해 사장과 성추행 직원들을 고소해 법적 처벌을 받게 만들었다.

한데 문제는 그게 끝이 아니었다. 그가 알고 있던 사실은 빙산의 일각에 불과했다.

회사 자산 대부분을 사장이 빼돌려 회사 자체가 공중 분해되기 직전이었다.

부도를 막으려면 필요한 돈이 20억.

길거리로 나앉을 장애인들의 모습이 눈에 밟혀 그가 가진 현금을 내놓았지만 언 발에 오줌 누기 격.

그렇게 고민하고 있을 때, 가족들과 자신을 경호―감시인지도 몰랐다―하는 폭력배의 두목이 그를 찾아왔었다.

그리고 다짜고짜 물었다.

"당신이 지금 하고 있는 일이 좋은 일이오?"

"…좋은 일이라기보다는 사회에 소외받은 장애우들에게 희망을 주는 일이죠."

"그래서 좋은 일이라는 말 아뇨?"

"그렇게 생각할 수도 있겠죠."

"그럼, 여기 있소. 댁이 알아서 좋은 일에 쓰쇼."

그러면서 불곰이라 불리는 사내가 봉투 하나를 던져놓고

갔다.

싸구려 흰 봉투 속에 든 금액은 자그마치 25억.

그 돈으로 배정후는 우여곡절 끝에 우정리사이클의 사장이 되었다.

"후~"

오늘 할 일을 거의 마치고 겨우 소파에 엉덩이를 붙이는 배정후는 절로 긴 한숨을 내뱉는다.

사장이 된 후로 그는 단 한 번도 제대로 쉬어본 적이 없었다.

오히려 홍산유통에 다닐 때가 더 좋았다며 그의 아내가 투덜대기까지 했다.

그렇다고 지금 불행한 건 아니었다. 아니 어느 때보다 더 행복한 날들을 보내고 있었다.

"…장님! 사장님!"

"아! 미스 송. 깜빡 잠이 들었었나 보네. 무슨 말을 한 거지?"

잠깐 눈을 감는다고 했는데 잠이 든 그였다.

"손님이 오셨어요."

"그래? 들어오시라고 해."

"알겠어요."

미스 송은 곧바로 나가지 않고 더 할 말이 있는듯 머뭇거리다 결국 한마디하고 밖으로 나간다.

"너무 무리하지 마세요. 사장님이 아프시면 모두 슬퍼할 거예요."

"…고마워."

미스 송의 말에 잠시 멍해 있던 배정후는 그녀가 나간 후 작게 속삭인다.

"선배님, 잘 지내셨습니까? 주위 분들에게 사랑을 받고 있으신 걸 보니 잘 지내시는 것 같기도 하고……."

"오랜만이네. 어서 와라."

박무찬이 마치 방금 전 방의 대화를 들은 것처럼 사무실로 들어온다.

"한데 어쩐 일이냐?"

"하하! 이곳에 계시더니 성격이 급해지셨군요. 커피도 한 잔 안 주나요?"

"미스 송! 커피 두 잔만!"

박무찬의 말에 배정후는 큰소리로 소리쳐 인터폰을 대신한다.

"많이 불편하시죠? 이제 조금만 있으면 약속한 걸 지킬 수 있을 것 같습니다."

"결국 시작할 생각인가?"

"여기서 멈출 순 없잖아요. 투자한 금액도 만만치 않아요."

"그렇겠지?"

"후회하십니까?"

"글쎄… 내가 계획한 일인데 후회한다고 용서받을 수 있을까?"

"제 제안을 허락할 때완 많이 달라지셨군요."

"후후! 성공만이 전부가 아니라는 걸 알아버렸거든."

"이거, 힘들게 준비한 자리가 무용지물이 되는 거 아닌지 모르겠군요."

"얼마나 좋은 자린데?"

어떤 자리인지 묻는 배정후의 얼굴엔 욕심은 찾아볼 수 없었다.

"아직까지 어디라 말은 못하지만 홍산유통과 비교할 수 없는 곳의 부사장이에요. 물론, 특별한 이상만 없다면 사장까지 몇 년 걸리지 않을 겁니다."

"비교할 수 없는 곳이라… 하하하! 후배가 애썼군."

박무찬의 말에 거짓은 없으리라.

과거의 자신이었다면 어떤 수를 써서라도 가고 싶었던 자리였겠지만 지금으로선 딱히 땡기지 않았다.

아니, 지금 있는 우정리사이클이 좋았다.

"미안하지만 그 자린 거절해 줘."

"혹시나 했는데 역시 그렇군요. 후회하지 않으시겠어요?"

"허허! 모르지. 하지만 지금은 아냐."

"어쩔 수 없죠. 그럼 혹 다른 걸 바라는 게 있음 말씀해 주세요."

"괜찮아. 넌 약속을 지켰으니까."

"그야 그렇지만 서운해서 그렇죠. 생각해보고 적당한 걸로 준비할게요."

"그럼 사양하진 않을… 미스 송, 고마워요."

두 사람은 커피를 가지고 들어오는 미스 송 때문에 잠시 대화를 중지했다가 다시 시작한다.

"날 도운 두 사람에겐 피해가 없었으면 하는데…….."

"약속한 대로 없을 겁니다. 오히려 많은 이익을 보게 되겠죠."

"절대 그래줬으면 좋겠어."

홍산유통을 엿 먹일 계획을 짰지만 회사를 나가야 하는 배정후로서는 내부에서 도와줄 사람이 필요했다.

그래서 그의 라인이라고 생각되는 두 사람을 일에 가담시킨 것이다.

"일이 시작되면 홍산에서 선배님에게 감시를 붙일 겁니다. 그러니 할 말이 있으시면 경호하는 친구들을 통해 전하시면 될 겁니다."

"딱히 나에게 무슨 일이 있으려고. 다만 직원들이 다치진 않았으면 좋겠는데…….."

마지막 말은 그의 희망사항일 뿐이었다.

계획대로라면 홍산유통은 그룹의 도움 없이는 살아남기

힘들 정도의 타격을 받을 것이다.

"커피 잘 마셨습니다. 이번 일 끝나면 시원한 맥주나 한잔 해요."

"…그러자."

박무찬을 보내고 소파에 다시 기댄 배정후는 지금 당장 취하고 싶은 기분이었다.

"부디 자비를 베풀기를……."

이미 그의 손을 떠나버린 일에 그가 할 수 있는 일은 기도 뿐이었다.

11장

서막

"제대로 준비는 다 됐겠지?"

"예! 사장님!"

홍산유통의 신세호는 오늘 방문하는 바이어를 맞이하기 위해 아침 일찍부터 출근을 해 직접 준비 상황을 체크하고 있다.

"김 부장, 완성품 샘플은?"

"어제 받아왔습니다. 몇 개는 입구에 진열해 뒀고 각 자리마다 하나씩 놔뒀습니다."

"오케이! 몇 시에 도착이지?"

"2시까지 오기로 했으니 20분 남았습니다."

"김 부장이 마지막으로 한 번 더 체크해 봐."

"알겠습니다."

"그리고… 저녁에 좋은 곳은 미리 예약해 두라고."

마지막 말은 여자 직원들이 듣지 못하게 귓속말로 속삭인다.

김 부장은 알겠다는 듯 웃으며 바이어를 맞이하기 위해 분주히 움직인다.

다섯 명으로 이루어진 바이어들은 정확한 시간에 도착했다.

"미스터 와그너, 먼 길 오느라 고생하셨습니다."

"별말씀을요. 배려해 주신 덕분에 편하게 왔습니다."

바이어들도, 홍산유통의 직원들도 서로에게 호의적인 태도를 보이며 자리에 앉는다.

"저희가 주문한 수량은 어떻게 됐습니까?"

"기한이 촉박했지만 완벽하게 수행했습니다."

김 부장은 자신 있게 바이어의 말에 영어로 답했다.

"오, 역시! 홍산유통을 믿고 맡기길 잘했다는 생각이 드는군요."

"감사합니다. 이번이 인연이 되어 앞으로도 귀사와 많은 거래가 있었으면 좋겠습니다."

"물론이죠. 이번 일만 잘 마무리되면 더 많은 물량을 맡길 준비가 저희는 되어 있습니다."

"하하하! 더욱 노력하겠습니다."

김 부장은 속으로 쾌재를 불렀다.

본래 오정민 과장이 계약했던 일을 자신이 중간에 가로채 다시피 했는데 탁월한 선택이었다.

"들어오다 보니 완성된 샘플이 있어 얼핏 보니 훌륭했습니다. 이제 자세히 보고 다시 얘기를 나눌까요?"

화기애애한 분위기 속에 잠시 대화를 나누던 두 측은 대표로 온 와그너의 말에 본격적인 회의가 시작되었음을 알았다.

"여러분 앞에 놓인 상자 안에 최종 완성품이 있으니 확인해보시죠."

"오! 훌륭하군요. 역시 중국보다는 한국이 아직까진 한 수 위군요."

"제가 보기에도 그렇군요."

상자에서 유명 히어로 장난감을 꺼낸 바이어들은 꺼내자마자 칭찬을 아끼지 않는다.

하지만 이런저런 기능을 테스트하던 바이어들의 표정이 점점 굳어졌다.

이에 김 부장이 이상함을 느끼고 물었다.

"뭔가 잘못된 것이라도……."

"……."

바이어들은 김 부장의 말을 듣지도 않고 계약서를 꺼내 설계도와 비교를 하며 속삭인다.

그러다 얘기가 끝났음인지 굳은 표정으로 말했다.

"왜 저희가 드린 설계도대로 만들지 않으셨습니까?"

"예? 그게 무슨 말씀인지 저흰 설계도대로……."

"빠진 부분이 있습니다. 이 장난감의 가장 중요한 부분이라고 할 수 있는 부분이 없습니다."

"……!"

"어, 어떤 부분이……."

홍산유통 쪽은 발칵 뒤집어졌다.

설계도가 있는 계약서를 살피는 한편 바이어들에게 다가가 그들의 설명을 들었다.

신세호는 이때까지도 상황판단이 안 되고 있었다.

그저 흠집을 잡아 조금이라도 싸게 하려는 수작으로만 생각했다.

그러나 새파랗게 질린 표정의 김 부장이 다가오며 한 말에 그도 사태의 심각함을 깨닫는다.

"사, 사장님. 저희 쪽 서, 설계도가 누락된 것 같습니다."

"어떻게 그런 일이!"

"뿐만 아니라……."

"또, 뭐!"

"납기일 내 납품하지 않으면 손해배상을 청구하겠다고……."

"어떻게 된 일인지 당장 알아봐! 아, 아니다, 당장 최 사장에게 전화해!"

"안 그래도 와그너 씨가 공장을 방문해 보고 싶다고 했습니다."

"그건 왜?"

"기한 내 납품이 불가능할 것 같으면 당장 소송을 준비하겠다고……."

"가능하다고 그래! 절대 가능하다고 그래!"

"아, 알겠습니다."

신세호는 눈앞이 아찔해짐을 느꼈다.

대양건설의 법적 다툼도 어떤 고위 권력자가 끼어들었는지 대규모 법률 팀까지 고용해 놓고도 패소판결을 받아 항소해둔 상태였다.

거기다 이번 일까지 잘못되면 후계자는커녕 가문에서 쫓겨나지 않음 다행이었다.

"그때 계약했던 오정민 과장 불러와! 그리고 바이어들 최 사장 공장으로 모셔갈 준비하고."

"예!"

항상 느근하게 움직이던 그의 발등에 불이 떨어진 것이다.

신세호는 발 빠르게 움직여 공장으로 향하는 차 안에서 계약을 책임졌던 오정민 과장을 만났다.

"이 서류가 자네가 올린 서류고, 이 서류는 저들에게서 받은 서류야. 한데 자네가 올린 서류엔 장난감의 중요한 부분이 빠져 있던데 어떻게 된 일이야?"

"잠간 확인 좀 하겠습니다."

오정민 과장은 서류의 중간 중간에 찍힌 회사도장을 확인하며 두 서류를 비교한다.

그리고 끝까지 살핀 후 무겁게 입을 연다.

"바이어들의 서류가 제가 작성한 서류가 맞습니다."

"맞아? 한데 어떻게 우리 서류에는 이… 설계도가 빠진 거지?"

"저도 모르겠습니다. 제가 서류를 계약하고 바로 김 부장님이 사장님 결재를 맡아야 한다면서 가져가셨고, 이후론 전다른 업무를 맡았기에 사실 어떻게 된 영문인지 모르겠습니다."

"아니 계약 당사자가 담당에서 빠지다니 이게 무슨 말도안 되는……."

말을 하다 보니 그런 일이 비일비재했음에 스스로 입을 다물었다.

"그건 그렇다 치고. 통상적으로 계약을 하고나면 계약서를여러 부 복사를 해 보관을 하잖아."

"그렇죠."

"한데 모든 사본도 마찬가지로 중요부분이 없어. 이건 자네가 계약 후 계약서의 일부를 분실했거나 고의로 빼돌리지않고서야… 있을 수 없는 일이야."

신세호는 마지막 부분에서 마치 죽일 듯이 으르렁대며 소리쳤다.

그러자 오정민 과장 또한 지지 않고 받아쳤다.

"카피도 하기 전에 사장님께 결재를 해야 한다며 뺏겼습니다! 그리고 쫓겨나듯 다른 업무가 주어졌습니다. 사장님이 그걸 모르실 리가 없었을 텐데요. 도대체 어떤 회사가……!"

화가 솟구쳐 소리를 높이던 오정민은 사장 앞에서 말이 심했다는 걸 깨달았는지 어금니를 물며 화를 삭인다.

"어쨌든 전 모르겠습니다. 하지만 굳이 예상해 보자면 김 부장이 사장님께 결재 받으러 가는 그 사이에 분실했을 가능성이 높습니다."

"그렇다면… 김 부장 지금 어디 있어!"

"뒤차로 오고 있습니다."

오정민에게 더 이상 혐의가 없다고 생각했는지 신세호의 화는 다시 김 부장에게로 향한다.

한데 길길이 날뛰느라 정작 오정민 과장이 고개를 돌린 채 빙긋이 웃는 모습은 보지 못했다.

바이어들과 도착한 최문덕 사장의 장난감 공장은 입구부터 시끄러웠다.

각종 대형 트럭들이 밖으로 나가는 모습에 신세호는 의아했지만 급한 일은 따로 있었기에 공장 한 켠에 있는 사무실로 들어갔다.

"윽!"

담배 냄새와 술 냄새가 섞인 찌든 냄새가 먼저 코를 찌른다.

술병과 먹다 남은 과자봉지가 널브러져 있는 사무실엔 오직 한 사람만 소파에 누워 자고 있었다.

주의력이 깊은 사람이 봤다면 뭔가 이상함을 느낄 만한 분위기였지만 어느 누구도 눈치챈 사람은 없었다.

"깨워!"

"최 사장! 이봐! 최 사장!"

"…뭐, 뭐야……. 음냐~"

"일어나 보라니까! 홍산유통의 신 사장님 오셨어!"

"응? 홍산? 신 사장?"

소리치고 흔들어도 잠꼬대처럼 중얼거리기만 하던 최문덕은 홍산이라는 말에 눈을 번쩍 떴고 신 사장이라는 말에 몸을 일으킨다.

"물어볼 것이 있으니 정신 좀 차리시오."

"흥, 정신을 차리라고?"

자신의 말이라면 꼼짝도 못하던 최문덕이 콧방귀를 뀌며 무시하자 김 부장은 짐짓 화난 목소리로 소리친다.

"허어! 이 사람이 지금 누가 와 있는 줄 알고… 자꾸 이런 식으로 나올 거요?"

"이런 식으로 나오면 어쩔 건데!"

"뭐라고! 이 사람이 정말……!"

"크하하하하! 긴 말하기 싫으니까 물건 가지러 왔으면 여기 열쇠 있으니까 창고에 가서 꺼내가! 크으~!"

허탈하게 웃음을 터뜨린 최문덕은 호주머니를 뒤져 열쇠를 김 부장 앞에 던진다. 그리곤 테이블에 남아 있던 소주를 한 모금 들이켠다.

그 모습에 기가 죽은 김 부장은 타이르듯 다시 말을 붙인다.

"최 사장, 도대체 무슨 일인지 모르겠지만 시원한 물 한 잔 마시고 얘기합시다."

"무슨 얘기? 내가 좀 하자고 할 땐 들은 척도 안 하다가 다 망하고 나니 얘기를 하자? 야, 이 개새끼들아! 지금 장난하는 거야!"

"최, 최 사장……."

"사장은 무슨 얼어 죽을 사장! 오늘부로 난 사장이 아냐! 그리고 네놈들 술 사 먹일 돈도 더 이상 없으니 눈앞에서 썩 꺼져!"

"이거 보자보자 하니까 말이 심한 거 아뇨!"

"말이 심해? 이 새끼들아! 난 너희들이 대금지급을 차일피일 미루는 바람에 망했다고 망했어! 근데 말이 심하다고? 오늘 같이 죽자, 이 개새끼들아!"

"아악! 이 영감이 미쳤나!"

"그래! 미쳤다, 미쳤어!"

그렇지 않아도 난장판인 사무실 안은 삽시간에 시끄러워진다.

신세호는 당장에 귀싸대기라도 몇 대 날리고 싶었지만 점점 인상이 찌푸려지는 바이어들 얼굴을 보며 직접 나서 소란을 막았다.

"김 부장은 조용히 하세요! 그리고 최 사장님도 진정하시고요."

"아흑……! 흑흑흑!"

최문선은 김 부장과 실랑이를 벌이다 힘없이 바닥에 주저앉아 서럽게 운다.

그 모습에 모두들 잠시 할 말을 잊고 그가 진정하길 기다린다.

조금 지나 그의 울음이 잦아들자 신세호는 짜증 어린 표정을 지우고 물었다.

"무슨 일이 있는지 모르지만 급해서 그러니 몇 가지만 묻고 같이 해결해 봅시다."

"휴우~ 물어보쇼."

최문덕은 체념한 듯 고개를 끄덕인다.

"우리랑 계약 할 때 받은 계약서를 봤으면 하는데……."

"계약서야 그쪽에서도 보관하지 않았소."

"그게 좀 문제가 생겨서 그렇습니다."

"무슨 문제? 계약서에 적힌 설계도대로 똑같이 만들었는데 문제가 생길 게 뭐가 있소? 아~ 크큭큭! 이제 보니 돈을 제대로 주기 싫어 꼬투리를 잡겠다?"

"절대 아닙니다."

"하여간 대기업 놈들과 거래를 하는 게 아니었어. 혹 깎을 생각이라면 포기하는 게 좋을 거요. 안 그래도 그냥 불을 확 싸질러 버릴까 하다가 내가 만든 마지막 장난감이라 놔둔 거니까."

"계약서 그대로 드릴 겁니다. 그러니 계약서 좀 봅시다."

"공증까지 받은 계약서가 잘못될 게 뭐가 있다고……."

최문덕은 비틀거리며 일어나 사무실 한쪽에 있는 캐비닛을 열곤 서류를 뒤져 하나의 책자를 꺼내 신세호에게 던져 준다.

"여기 있소, 맘껏 살펴보시구려."

신세호는 사본으로 보이는 계약서를 받자마자 회사에서 가져온 계약서와 비교하며 살핀다.

한데 시간이 지날수록 그의 표정은 구겨진다.

두 계약서가 정확하게 일치한 것이다.

어디서부터 잘못된 건지는 현재 중요하지 않았다. 지금 중요한 건 바이어의 요구대로 물건을 만들 수 있느냐였다.

"최 사장님! 바이어들이 장난감의 구조를 좀 고쳤으면 하는데 납기일까지 가능하겠습니까?"

"불가능!"

"물론, 고치는데 들어가는 비용과 수고비는 넉넉히 드리겠습니다."

"아, 글쎄 불가능하다니까요!"

"보지도 않고 불가능하다고 하면 어떡니까. 일단 실무진들과 설계도를 보시고…."

"이 양반아, 내 말은 귓등으로 들은 거야? 이 공장은 이제 망했다고! 당신네들이 은행이자 불리려고 물건 값을 주지 않아서 망했다고! 그렇게 사정을 얘기할 땐 들은 척도 안하더니 자기들이 아쉬우니까 돈을 주겠다고? 에라, 이놈들아! 이제 억만금을 준다고 해도 안 한다. 아니, 그 수십 배를 준다고 해도 이젠 기한 내에 못하게 됐다!"

"그, 그게 무슨 말입니까?"

"채권자들이 돈 되는 건 다 뜯어갔어! 공장의 기계들도 고철로 판다고 다 뜯어갔다고!"

"……!"

신세호는 온몸의 힘이 다 빠지는 느낌이 들어 제대로 서 있을 수가 없었다.

그는 겨우 입을 열어 중얼거렸다.

"…막아."

"네?"

"지금 나가는 트럭들 막으라고! 그리고 당장 아까 나갔던 트럭들 찾아서 원위치 시켜! 지금 당장!"

"예, 예!"

직원들은 신세호의 말에 허둥지둥 밖으로 향했고, 고함을 지른 신세호는 더 이상 버티지 못하고 최문선이 누워 있던 지저분한 소파에 털썩 주저앉았다.

쉬고 싶었다.

아니, 지금 상황이 현실이 아니길 빌었다.

눈을 감고 눈을 떴을 때 술에 취해 잠든 호텔방이길 바랐다.

―난 괜찮은 남자. 돈도 있고, 얼굴도 있고~

하지만 여자들을 유혹할 때 조금이라도 어려보이기 위해 해둔 아이돌 가수의 벨소리가 현실임을 일깨운다.

비서실이었다.

―사, 사장님.

"왜?"

―방을 샅샅이 뒤졌더니…….

"뒤졌더니?"

―사장님이 말씀하신 계약서의 일부가 책상과 소파 사이의 틈에서 나왔…….

"……"

끝까지 듣지 않고 수화기를 귀에서 뗐다.

성능이 좋은 스마트폰이라 그런지 아래로 내렸음에도 똑똑히 들렸다.

마음에 들지 않으면 습관적으로 책상 위의 서류를 집어 던지곤 했던 지난 행동이 원망스러웠다.

'잔인하고 끔찍한 하루군.'

다시 눈을 감는 신세호.

하지만 잔인함의 끝은 아직도 남아 있었다.

그의 뒤에서 묵묵히 모든 것을 보고 있던 바이어가 한국말로 한마디하고 가버린다.

"법정에서 봅시다!"

서늘하면서도 아주 사무적인 말투였다.

신세호는 감은 눈을 뜨고 싶은 생각이 들지 않았다

*   *   *

따뜻한 차가 생각날 만큼 쌀쌀한 날씨다.

그러나 나나 디오네에겐 무인도를 생각나게 하는 더운 날씨보단 훨씬 좋았다.

디오네 집에서 저녁을 먹고 정원 의자에 앉아 맥주를 마시며 수다를 떤다.

"이곳도 정들만 하니까 이별인 건가?"

디오네가 툭하고 한마디 던졌고 해윤이 즉시 반응을 한다.

"엥? 언니, 다시 미국에 가는 거예요?"

"으, 응……."

‘아차’ 싶었는지 디오네는 말을 얼버무린다. 한데 제시카가 고의인지, 생각이 없는 건지 사실을 말한다.

"중국으로 갈 거야."

"중국? 거긴 왜?"

"해야 할 일이 있거든."

"꼭 가야 하는 거예요, 언니?"

"응. 그렇게 됐어."

"이별이라니… 슬프네요. 한국에서 같이 지냈으면 좋겠는데."

"회자정리 거자필반이던가? 이런 말이 있잖아. 안 그래?"

"그야 잘 알지만… 그래도 슬프네요."

당장에라도 울 것같이 눈물이 가득한 해윤.

"또 볼 건데 슬퍼 마."

디오네가 가슴에 안고 그녀를 토닥인다.

가볍게 시작한 술자리는 해윤을 보내고, 우니가 잠든 후까지 계속되었다.

디오네, 제시카, 봉구 형 이렇게 넷이 남게 되자 평소에 못하던 얘기를 시작했다.

"이제 동진푸드만 남은 건가?"

"예, 디아."

"헐퀴! 벌써 다른 건 다 해결된 거야?"

괴상한 언어를 쓰며 놀라는 봉구 형.

"해결된 건 아니지만 끝나가고 있어."

"허거덩! 일이 언제 그렇게까지 진행된 거야?"

"형이 우니랑 데이트 할 때. 그건 그렇고 그 이상한 감탄사 좀 쓰지 말지."

"데헷! 요즘 이런 게 유행이라능."

정말이지 살인을 부르는 말투와 행동이다.

그를 무시하기로 하고서야 비로소 살기가 진정된다.

왕창일의 선물은 생각보다 훨씬 컸다.

법원이 대양건설의 손을 들어준 것인데 그것이 그의 선물이었다.

"신세혼지 신세타령인지 그놈은 어떻게 됐어?"

"드럼프그룹 차원에서 거액의 소송을 걸었으니 거지가 되는 건 시간문제야."

신세호는 드럼프그룹에 3억불 규모의 소송에 걸려 지금은 홍산그룹 전체가 비상인 상태였다.

대양건설과 날 건드린 대가로는 충분했기에 더 이상 신경 쓰지 않기로 했다.

"에궁, 제시카가 고생이 많았네."

"그 정도야 기본이지. 호호호!"

봉구 형과 제시카가 사귄다면 잘 어울리는 한 쌍이 되지 않을까하는 생각을 잠시 해본다.

디오네도 나와 비슷한 생각을 하는지 둘을 보며 잠깐 고개를 젓더니 묻는다.

"무찬아, 한데 지금까지 모은 주식으로 동진푸드를 뺏을 수 있는 거니?"

"그것만으론 부족하죠."

"다른 방법이 있는 거야?"

"그날 보세요. 제 복수의 클라이맥스니까요."

"훗! 기대하지. 혹 실패한다면 어쩔 거야?"

실패?

생각해본 적 없다.

하지만 만일 실패한다면 동진푸드는 포기하고 신수호만 처리하고 떠나야만 했다.

한국에 더 머물면 내 주변 사람들이 다칠 가능성이 높아졌기 때문이다.

오랫동안 움직이지 않았던 천외천이 다시 움직이기 시작한 것이다.

"형, 내가 부탁한 건 어떻게 됐어?"

"아, 그거. 말해 놨다. 공항까지만 보내면 그쪽에서 알아서 처리해 줄 거야."

"수고했어요."

"수고는 뭘, 말 한마디 한 건데. 근데 천외천에서 보낸다는 놈들은 어떻게 처리할 거냐?"

"생각 중이에요."

"지난번처럼 처리하는 건 어떠냐?"

"천외천 직속인 놈들이라면서요. 그들에겐 최면이 안 먹힐 가능성이 높아서 안 돼요."

미국에서 디오네를 구할 때 만난 놈과 유사한 놈들이 온다면 어설픈 계획으론 오히려 위험에 처할 가능성이 높았다.

"오는 날짜는 좀 미뤘어요?"

"응. 아주 좋은 기회가 생겼다고 구라 좀 풀었지."

"그게 언제죠?"

"12월 15일."

젠장! 하필이면…….

"왜? 무슨 날이야?"

"…아니, 괜찮아요."

안 괜찮다.

해윤이가 성년이 된 다음 날로 여름 때부터 약속이 되어 있던 날이었다.

"하하……!"

"미쳤냐? 실없이 웃기는…….."

맞다. 미친 거다.

이미 이별을 생각하고 있었으면서 그날의 만남을 당연하다는 듯 생각하고 있었다.

"그럼 12월 15일이 한국에서 마지막인 건가?"

디오네는 들고 있던 샴페인을 마시며 혼잣말을 중얼거린다.

그에 나도 양주를 한 잔 가득 마신다.

취하고 싶다.

하지만 내 육체는 취하는 걸 용납하지 않는다.

비라도 오길 바라보지만 한국의 가을 밤하늘은 독하게 맑
기만 하다.

12장

위즈를 쫓는 자들

상하이의 한 빌딩의 최상층.

단정하게 양복을 입은 사내들 사이로 중국 전통 복을 입은 노인과 노인 옆에 짙은 선글라스를 끼고 건들거리며 걷는 사내가 유독 눈에 띈다.

사내들은 연신 노인에게 존경을 표하는 인사를 했고, 선글라스의 사내는 자신이 그 인사를 받은 양 싱글거리며 손을 들어 준다.

"청룡단주는?"

인상 좋은 노인은 얼굴에 맞게 부드러운 음성으로 문 앞을 지키고 있는 남자 중 한 명에게 물었다.

"이 장로님께서 오신다는 연락에 아까부터 안에서 기다리고 있습니다. 들어가시지요."

말과 함께 재빨리 문을 열었고, 노인과 선글라스 사내는 안으로 들어간다.

"이 장로님, 어서 오십시오."

사무실에서 기다리고 있던 남궁린은 두 사람이 들어오자 자리에서 일어나 공손히 인사를 한다.

"손녀부(손녀사위)는 잘 지냈는가?"

"장조(처의 할아버지)님께서 신경 써 주신 덕분에 잘 지내고 있습니다.

"허허허! 자리에 앉지."

제갈무량은 자신의 질문에 마음에 쏙 들게 답하는 남궁린에게 활짝 웃어 보이며 상석에 앉았다.

보이차가 나오고 차를 몇 잔 마실 때까지 이런저런 안부 인사가 얘기가 오간다.

그리고 마침내 제갈무량보다 참을성이 없는 남궁린이 방문의 이유를 물었다.

"한데 어제까지 북경에 계셨던 분이 어인 일로 이곳까지 오셨습니까?"

"허허! 자네도 볼 겸, 소개시켜줄 사람도 있어서 왔네."

"그럼, 혹 이분이……?"

두 사람이 얘기하는 동안 소파에 삐딱하게 앉아 음악을 듣는지 고개를 까닥이던 사내를 보며 남궁린이 물었다.

"인사하게. 백호단의 부단장을 맡고 있는 제갈호일세. 내 사촌조카되는 아이지."

백호단이라는 말에 놀란 표정을 짓던 남궁린은 재빨리 자리에서 일어나 포권을 취하며 인사를 한다.

"사질이 사숙님을 뵙고도 몰라 봬 죄송합니다."

"알아보는 게 이상하지. 괜찮으니까 신경 쓰지 마."

짙은 선글라스를 쓴 사내, 제갈호는 별일 아니라는 듯 말한다.

"이놈 말이 맞아. 백호단에 들어간 뒤로 코빼기도 안 보이다가 나도 최근에야 얼굴을 겨우 봤는데 자네가 알 리가 만무하지."

제갈무량도 남궁린에게 잘못이 없음을 두둔한다.

"삼촌은 제가 나이가 몇 살인데 아직도 이놈, 저놈입니까?"

"허어! 네놈이 여기저기 똥 싸질러 놓을 때부터 봤던 나다. 넌 죽을 때까지 내겐 그 시절 똥싸개 일뿐이다."

"참, 삼촌도 사질 앞에서 쪽팔리게……."

격의 없게 얘기하는 두 사람의 모습을 보고도 남궁린은 감히 웃을 수 없었다.

제갈호가 백호단 부단주라고 직책상 낮기는 했지만 그 힘만큼은 몇 배는 컸다.

그가 천외천 문주가 되면 가장 먼저 흡수해야 하는 세력이 백호단이었는데 그곳의 부단주라니, 나중을 위해서라도 친해질 필요가 있었다.

한참을 입씨름하는 두 사람.

그리고 늙은 제갈무량의 입심을 당할 수 없었는지 제갈호가 두 손을 든다.

그리고 남궁린에게 고개를 돌리며 말했다.

"내가 자네를 소개시켜달라고 삼촌께 졸랐어."

"사숙님께서 저를요?"

"그래. 이번에 섬에서 탈출한 놈들에게 현무단을 보내기로 했다면서?"

"예."

"그곳에 나도 같이 갈 생각이야."

"사숙께서 직접요?"

"응."

"이놈이 그때 죽은 당가 아이와 절친했던 사이인 모양이야. 그래서 복수를 하겠다고 나를 찾아왔더군. 쯧쯧!"

제갈무량은 제갈호의 행동이 마음에 들지 않는지 혀를 차며 설명을 더한다.

남궁린으로서는 제갈호가 놈들을 잡으러 가겠다는데 마다할 이유가 없었다.

현무단으론 부족할 듯싶었는데 백호단의 힘을 아는 그로

서는 오히려 부탁이라도 해서 보내고 싶었다.

"어느 쪽으로 가실 생각이십니까?"

"어느 쪽이라니? 놈들 중 위치가 파악된 놈은 한 명뿐이라고 들었는데?"

"최근에 아프리카 탄자니아 지방에서 한 명의 흔적이 발견되었다는 정보가 들어왔습니다."

"불확실한 정보에 휘둘려 더운 지방을 헤매고 다닐 생각은 없어."

"그럼?"

"한국에 한 놈이 있다며?"

"예. 정확히 있는 곳도 알고 있습니다."

"난 그곳으로 가겠다."

기왕 보내는 거 위즈보다 더 위험한 인물이 있는 아프리카 쪽으로 보내고 싶었지만 그의 결심이 확고해 보였기에 다른 말을 할 수가 없었다.

"준비시키겠습니다."

"부탁해. 준비되는 동안 근처에서 쉬고 있을 테니 출발하기 전에 연락하라고."

할 말을 다했다는 듯 쌩하니 일어나 밖으로 나가버리는 제갈호.

그의 태도에 잠깐 어리둥절해하던 남궁린이 제갈무량에게 물었다.

"어떤 분입니까?"

"저놈? 괴짜지."

"괴짜요?"

"어린 시절, 엄청난 무술실력으로 사람들을 놀라게 했지. 한데 어느 순간 자신만의 무공을 만들겠다고 설치더니 결국 이상한 무술을 만들어 무술 사부들의 치를 떨게 만들었지."

"도대체 어떤 무술이기에……."

"쌍권무(雙拳舞)."

"양손을 사용하는 무공이라면 별 이상할 것도 없을 것 같은데요?"

"손에 든 무기가 문제지."

"어떤 무기입니까?"

궁금함에 물었던 남궁린은 대답을 듣고 한동안 할 말을 잊어야 했다.

그렇게 멍하니 있을 때 문이 벌컥 열리며 제갈호가 얼굴을 빠끔히 내밀며 묻는다.

"사질, 이 동네 물 제일 좋은 곳이 어디야?"

"……."

제갈호는 괴짜라고 불리기에 충분한 사람이었다.

＊   ＊   ＊

많은 사람들로 북적이는 동대문의 밤은 화려하다.

그러나 화려한 만큼 어둠도 다른 어떤 곳보다 깊은 곳이 동대문이다.

"이곳은 언제와도 변함이 없군."

김철수 형사는 화려한 네온사인을 탐탁지 않게 보며 걸음을 옮긴다.

한동안 발생한 사건들 때문에 위준을 찾는 일에 도저히 시간을 낼 수 없었는데 간만에 한가해진 그는 곧바로 동대문으로 온 것이다.

벌써 수십 차례나 왔던 사건 현장을 걸으며 그는 지금까지 조사한 위준에 관한 내용을 되새김질 한다.

"당시로서는 도저히 이해할 수 없는 일이었는데……."

하루 이틀만 지나도 범죄현장의 증거들은 사라져 버린다. 하물며 이런 노상에서 벌어진 일이라면 더욱더 빨리 사라진다.

그런데 사건이 발생하고 바로 조사했을 때보다 이미 대부분의 것들이 사라진 지금 김철수 형사에겐 더 많은 정보가 보였다.

"동전으로 두개골을 뚫고, 콘크리트 벽에 박을 수 있는 능력이 있음을 눈으로 보고도 믿지 않았다니, 나도 눈뜬 봉사였어."

위준의 초인적인 능력은 모든 사건에 거의 공통적으로 나타났었다.

그래서 그가 초인임을 가정하에 수사를 했었다.

아니, 그렇다고 생각만 했을 뿐 마음 깊은 곳에선 그것을 부정하고 있었음에 틀림없었다.

그렇지 않고서야 지금도 발견할 수 있는 증거를 그동안 못 찾았을 리 없다.

"놈은 이곳에서 점프를 해 저 2층 높이에 있는 가스관을 잡고 적들의 뒤를 잡은 거야."

밤 시간이라 적외선 망원경으로 가스관을 유심히 살펴보자 역시나 힘에 눌려 살짝 휘어져 있는 것이 보였다.

그렇게 사건현장을 위준—김철수는 확신했다—이 움직인 동선을 따라 한 바퀴 천천히 돌고나자 자신이 세워뒀던 가설이 모두 맞았음을 보여준다.

"괴물 같은 놈!"

초인적인 힘과 중력을 거스르는 듯한 점프력, 인간으로 보기 힘든 과감성, 그리고 타인을 조절할 수 있는 최면술 등등.

그런 인간이 존재한다는 자체가 오류라는 생각에 입에 달고 사는 '괴물'이라는 말이 또다시 나온다.

"이봐요, 거기!"

갑자기 뒤에서 들리는 소리에 깜짝 놀라 뒤돌아보자 후레쉬를 든 남자가 서 있었다.

"형사요?"

후레쉬를 왼손에 들고, 오른손은 언제든지 총을 뽑을 수 있는 자세를 취한 모습에 김철수는 그가 형사임을 확신하고 물었다.

"왜? 형사라면 도망가게?"

후레쉬 불빛 때문에 얼굴은 보이지 않았지만 살짝 비웃는 듯한 그의 얼굴표정이 그려진다.

'직업병인가?'

자신도 지금과 같은 상황이라면 비슷하게 했을 것이라는 생각에 쓴웃음이 났다.

그래서 솔직하게 자신의 정체를 말했다.

"난 강남경찰서 강력계 김철수요. 옛날 사건 때문에 조사차 나온 것뿐이오."

"김철수?"

상대방의 반응은 자신을 알고 있다는 투였다.

후레쉬가 얼굴을 비추어 눈이 부셨지만 살짝 실눈만 뜰 뿐 피하진 않았다.

"어, 진짜네! 김 형사, 여긴 웬일이야?"

반가운 목소리로 다가오는 이는 동대문 경찰서의 문대영 형사였다.

"문 형사였군. 방금 전에 말했잖아. 옛 사건을 수사한다고."

"하여간 틈만 나면 미해결사건 뒤적거리는 건 형사들 직업

병이라니까."

"한데 순찰 중이었나?"

"험상궂은 사람이 골목을 배회한다고 신고가 들어와서 출동한 거야."

"이거 괜한 사람 피곤하게 했군. 미안하네."

"껄껄껄! 미안하면 술이나 한잔 사."

"그야 어렵지 않지만 업무 중 아냐?"

"퇴근 준비 중이라 겸사겸사 집 방향도 같아 내가 나왔지. 내가 이런 일까지 할 짬밥은 아니잖아."

"하긴……."

"가세! 머리고기에 막걸리나 한잔하지."

"그러지!"

이미 둘러볼 것은 다 둘러봤기에 문대영을 흔쾌히 따라 나섰다.

비슷한 업무를 하는 사람들이 만나면 무슨 얘기를 할까?

처음엔 일상적인 얘기를 하다가도 어느 정도 시간이 지나면 업무에 관한 얘기를 하게 마련이다.

김철수와 문대영도 그 일반적인 범주를 벗어나지 않았다.

"…그 새끼를 딱 잡았더니 뭐라는 줄 알아?"

"뭐래?"

"큰 거 한 장 주겠다고 모른 척 해달더라. 그래서 내가 한 마디 했지."

"뭐라고?"

"좇까! 캬캬캬캬!"

"큭큭큭!"

별 시덥지 않은 얘기였음에도 둘은 뭐가 그리 좋은지 킥킥대며 술을 마신다.

"다음부턴 그런 말 들으면 나처럼 말해."

"뭐라고?"

"콜!"

"…캬캬캬캬! 썩을 놈, 어느새 너도 형사 물 많이 처먹었구나."

"누가 고생한다고 알아주냐? 그럴 때 한 몫 챙겨야지."

"허긴… 지랄 같은 세상이다. 크으~!"

신세한탄과 푸념으로 한동안 쌓인 스트레스를 푸는 건지 욕했다가, 한숨 쉬었다가, 웃었다가, 감정이 미친년 널뛰듯 두서가 없다.

"한데 거기서 발생한 사건이라면… 중국인 살인사건 그것 때문에 왔나?"

"응."

"쯧! 고생이군. 좀 쉬운 걸로 하지. 여간 위험한 일이 아닌 것 같던데."

"내가 맡았던 사건이니 끝까지 해보고 싶어서."

"그 맘 나도 잘 알지. 한잔하지."

술을 한잔이라도 더 부딪히고 먹고 싶어서인지 문대영은 이런 저런 말을 걸며 연신 술잔을 부딪혀 온다.

김철수는 그런 문영대가 싫지 않은지 연신 대답을 하며 대적을 한다.

"참! 너 문정배 검사 알지?"

"알지. 특본 책임자였으니까."

"얼마 전에 그 사람한테 전화가 왔더라고. 사실 문 검사랑 나랑 먼 친척뻘이거든."

"그래? 한데 문 검사가 왜?"

이번에도 적당히 맞장구나 쳐주려고 되물었다.

한데 그의 입에서 전혀 예상지 못했던 단서가 튀어나왔다.

"뭐 아는 동생의 동생이 보도방에 잡혀 술집에서 일하고 있으니 해결 좀 해달라고. 그런데 글쎄 그 동생이라는 놈 보통이 아니더라. 술집에 도착해 안으로 들어갔더니 종로에서 제법 독하다고 소문난 보도방 업자 네놈이 쓰러져 널브러져 있더라니까."

"……!"

"얼굴도 곱상하게 생긴 녀석인데 경찰서에 가서 대질 신문을 하는 동안 보도방 놈들이 눈을 슬슬 피하더라. 내 형사 생활 동안 그런 경우는 처음 봤다."

"호, 혹시 그 동생이라는 사람 이름 기억해?"

"이름? 글쎄… 잘 기억이 안 난다. 무슨 '찬' 인가 그랬는데……."

"박무찬?"

"아, 맞다! 박무찬! 대찬 놈이라고 생각했던 기억이 난다."

"그 사건에 대해서 좀 더 자세히 말해봐!"

김철수 형사는 이미 술이 깼는지 초롱초롱한 눈빛으로 문대영의 입이 떨어지길 기다린다.

그리고 이야기를 모두 들었을 때 그는 기쁨을 감추지 못했다.

새로운 실마리를 찾은 것이다.

"혹시 이 사람 알아요?"

"위준 오빠를 아느냐고요?"

박무찬의 사진을 보여주자, 맞은편에 앉은 지민이라는 아가씨가 한 말이었다.

드디어 박무찬이 위준임을 증명하는 순간이었다.

"아, 아니, 몰라요."

지민은 형사라고 소개한 사람 앞에서 실수를 했다는 걸 깨닫고는 황급히 말을 바꾼다.

김철수는 그답지 않게 좋은 티를 너무 낸 모양이다.

"이 친구가 아가씨를 도왔다는 거 잘 압니다."

"몰라요! 너무 오래 자리에 앉아 있으면 눈치가 보여서 이만 일어날게요."

지민이 자리에서 일어나려 하자 다급해진 김철수가 외쳤다.

"위준이 어떤 사람인지 알고 싶지 않습니까?"

"관심 없어……."

"박무찬. 올해 23살. 대한대학교 1학년에 재학 중이며 같은 학년에 여자 친구가 있죠."

여자 친구가 있다는 말에 돌아서던 지민의 발걸음이 딱 멈춘다.

그에 생각나는 대로 마구 지껄인다.

"부유하게 자랐지만 꽤 불행한 친구죠. 고등학교 때 납치를 당해 험한 곳에서 4년간 고생을 했어요."

"……."

지민은 자신을 구해주고 냉정하게 마지막이라고 말했던 위준을 가슴에 두고 있었다.

이성은 눈앞의 사내에게 아무 말도 해선 안 된다고 말했지만 감성은 그에 대해 알고 싶다고 말한다.

그래서 그녀는 다시 자리에 앉았다.

"해가 될 일은 추호도 할 생각 없어요."

"저도 그저 몇 가지만 알아보고자 할 뿐 다른 의도는 없습니다."

물론 이 말은 거짓이었다.

그의 호주머니에는 그녀를 만났을 때부터 녹음기가 작동하고 있었다.

*   *   *

탄자니아의 작은 어촌 마을.

푸티는 오른쪽 다리가 무릎 아래로 없어 목발을 짚은 채 어디론가 부지런히 가고 있었다.

예전이라면 힘들어 중간에 몇 번을 쉬어야 할 거리였었다.

하지만 할아버지에게 숨 쉬는 법을 배우고, 걷는 법을 배운 지 1년이 다 되가는 지금, 목발을 짚고도 성인 어른만큼 빠르게 달릴 수 있게 되었다.

"할아버지!"

해안 절벽이 있는 곳에 가부좌를 하고 앉아 있는 노인이 보이자 푸티는 큰 소리로 외쳤다.

소년이 반갑게 외치는 것과 달리 노인은 충분히 들을 수 있는 거리임에도 미동도 하지 않고 앉아 있다.

그러다 거의 닿을 정도로 가까이 다가오자 비로소 눈을 뜬다.

"푸티 왔구나."

"또 밤새 여기 계셨던 거예요?"

"이젠 제법 보법 실력이 늘었구나. 몸에 기도 서서히 쌓여 가고."

"아무것도 안 드셨죠? 생선 구워 왔으니 좀 드세요."

푸티는 품 안에 넣어뒀던 생선구이를 꺼내 노인에게 건넨다.

한데 두 사람의 하는 양을 가만히 보니 특이한 점이 있었다.

노인은 백인이었고, 푸티는 흑인이다.

또한 노인은 중국어로 말을 했고, 푸티는 원주민의 말을 한다.

그렇다고 노인이 원주민의 언어를, 소년이 중국어를 아는 것 같진 않았다.

서로 간의 의미는 통했는지 노인은 생선을 받아 천천히 먹기 시작했고, 소년은 연신 옆에서 떠든다.

"참! 마을에 중국 사람들이 왔어요. 누군가를 찾는 것 같던데 혹시 할아버지를 찾는 건 아닐까요?"

못 알아듣는 것이 아니라 모른 척하고 있었음인가 지금까지 묵묵히 생선을 먹던 노인의 동작이 일순간 멈칫했다가 다시 이어진다.

푸티는 노인의 변화를 눈치채지 못하고 계속 말을 이었다.

"할아버지가 떠날 것 같아 그냥 모른 척하려고 했는데 말이죠……. 그래선 안 되는 거잖아요. 그래서 그분들에게 할아버지가 여기 계시다는 걸 말했어요."

나쁜 마음을 먹었다는 사실에 미안했는지 푸티의 얼굴엔 죄송하다는 표정이 가득하다.

그런 푸티를 보고 노인은 인자하게 웃으며 머리를 쓰다듬는다.

그러자 푸티는 돌연 힘없이 푹 쓰러진다.

쓰러진 푸티를 한 쪽으로 옮긴 노인은 서서히 자리에서 일어나 언덕 아래쪽으로 내려간다.

"어디서 온 아해들이냐?"

아무도 없는 작은 숲을 향해 외치자 20여 명의 사내들이 무기를 든 채 잔뜩 긴장해 나타난다.

그중 한 사내가 노인에게 묻는다.

"이름이 뭐지?"

"허허허!"

철컥! 철컥!

장전을 하는 소리가 요란했지만 노인은 그저 허허롭게 웃을 뿐이었다.

"답하라! 답하지 않으면 죽음뿐이다."

"……."

죽음이라는 단어를 듣자마자 노인은 웃음을 멈췄다.

그리고 인자하던 얼굴이 서서히 굳어간다.

"셋 셀 동안 말하지 않으면……!"

사내는 말을 끝까지 잇지 못했다. 어느새 노인이 그의 앞에 있었고 그의 심장엔 노인의 손이 박혀 있었다.

"내가 먼저 물었다. 그리고 답해줄 놈은 한 놈이면 충분하겠지."

싸늘하다 못해 냉기가 풀풀 풍기는 노인의 목소리가 이승에서의 마지막 기억이었다.

타타타타타탕! 타탕! 타탕!

"크악!"

"악!"

"큭!"

조용하던 해안 절벽은 총소리와 비명소리로 요란해진다.

하지만 그것도 잠시, 해안은 언제 그랬냐는 듯 조용해졌다.

아까와 다른 점이 있다면 여기저기 흉측하게 망가진 시체들이 널려 있다는 점과 피비린내가 가득하다는 것이었다.

"주, 죽여주십시오."

"……."

"제발……!"

노인 앞에 팔다리가 사라진 사람이 눈물을 흘리며 애걸을 하고 있다.

그러나 노인의 눈빛은 공허하기만 하다.

그런 노인의 눈을 바라보던 사내는 곧 고통을 잊은 듯 눈이 멍해진다.

"어디서 왔지?"

"처, 천외천."

"섬을 운영하던 놈들인가 보군. 섬에서 탈출한 사람들을 찾고 있는가?"

"그, 그렇습니다."

"섬에서 몇 명이나 살았지?"

"여, 여섯으로 알고 있습니다."

"날 찾을 걸 보니 찾은 사람이 더 있겠군."

"한 사람 더 있습니다."

"누구지?"

"위즈."

"……!"

냉막하던 노인의 얼굴이 위즈라는 말에 서서히 펴진다.

"놈은 어디 있지?"

"한국에 있습니다. 다른 팀이 갔으니 곧 죽을 겁니다."

"큭큭큭! 너희 같은 쓰레기들이 그 아이를 죽이겠다고? 크크크큭!"

뭐가 그리 웃긴지 노인은 사지가 뜯긴 사내가 죽어감에도 신경 쓰지 않고 한참을 큭큭거리며 웃는다.

푸티가 눈을 뜬 곳은 자신의 낡아빠진 집의 침대 위였다.

"하, 할아버지."

일어나자마자 할아버지를 찾았지만 방에는 아무런 답이 없었다.

푸티는 알았다.

할아버지가 떠난 것임을.

항상 준비하고 있었는데 막상 떠났다고 생각하니 눈물이 나올 것 같았다.

푸티는 침대 옆에 놓인 목발을 짚고 일어나 밖으로 나갔다.

마지막으로 얼굴이라도 한 번 보고 싶었고, 사랑한다고 말하고 싶었다.

1년 전, 가족을 잃고, 다리를 잃은 푸티가 자살을 하기 위해 바닷가로 갔을 때 상처를 입고 바닷가에 쓰러져 있던 그를 발견했다.

지독한 상처여서 한 달 동안 몇 번의 고비가 있었지만 그때마다 밤을 새워 간호해 그를 살린 것이다.

하지만 노인을 그가 살린 것만은 아니었다.

노인이 자신을 살린 것이기도 했다.

"헉헉!"

마음이 급해 할아버지에게 배운 대로 움직이지 않고 마구

잡이로 달려서 인지 금새 숨이 차올랐다.

그러나 푸티는 멈추지 않고 달렸다.

마을에서 떠나기 위해선 반드시 지나쳐야 하는 곳을 향해
서였다.

얼마나 달렸을까?

멀리 노인의 뒷모습이 보였다.

"아악!"

한데 목발을 잘못 짚어 볼썽사납게 넘어지는 푸티.

"할아버지~~!"

뒷모습이 다시 사라질 것 같아 푸티는 있는 힘을 다해 불렀
다.

도저히 들릴 거리가 아니었는데 노인의 발걸음이 멈췄
다.

이에 푸티는 다시 힘을 내 외쳤다.

"이름이라도 알려주고 가셔야죠~~!"

푸티는 거의 울먹이고 있었다. 그래서 자신의 말이 제대로
전달되었는지 확신할 수 없었다.

한데 신기하게도 바로 옆에서 얘기하듯 노인의 목소리가
들렸다.

"내 이름은… 클로버다."

그 말을 끝으로 노인의 발걸음은 다시 시작되었고, 금새 푸
티의 눈앞에서 사라진다.

"클로버 할아버지! 건강하게 지내세요~~!"

푸티는 노인이 사라진 곳을 향해 목이 찢어져라 다시 한 번 외친다.

『복수의 길』 6권에 계속…

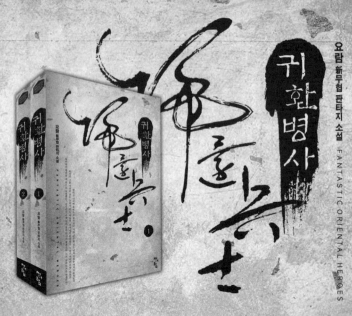
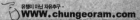

수십 년 전, 용병왕의 등장으로 생겨난
왕국과 용병의 세계.
평소엔 한없이 가볍지만 화나면 누구보다 무서운,
놀고먹고 싶은 그가 돌아왔다!

하지만 바람과는 달리 과거 그의 앙숙과 대륙의 판도는
도저히 그를 놓아주질 않는데……

"용병은 그냥, 돈 받고 칼을 빌려주는 놈들이니까."

그의 용병 철학은 단순했다.

"물론, 누구에게 빌려주느냐가 문제겠지?"

도시의 주인

말리브 장편 소설
FUSION FANTASTIC STORY

말리브 작가의 신작 현대 판타지!

죽기 위해 오른 히말라야.
그러나, 죽음의 끝에 기연을 만나다!

『도시의 주인』

다시 한 번 주어진 운명.
이제까지의 과거는 없다!

소중한 이를 위해! 정의를 외친다!

Book Publishing CHUNGEORAM

유행이 아닌 자유추구 -
WWW.chungeoram.com